JEDERMANN

Das Spiel vom Sterben
des reichen Mannes

Erneuert von
Hugo von Hofmannsthal

Auf Grund
der Vorarbeiten des Dichters
revidierter Text

Herausgegeben von
Heinz Rölleke

Fischer
Taschenbuch
Verlag

26.–30. Tausend: Oktober 1996

Veröffentlicht im Fischer Taschenbuch Verlag GmbH,
Frankfurt am Main, November 1991

Lizenzausgabe mit freundlicher Genehmigung
des S. Fischer Verlags, Frankfurt am Main

Der vorliegende revidierte Text basiert auf Materialien des
›Jedermann‹-Bandes der vom Freien Deutschen Hochstift
veranstalteten Kritischen Hofmannsthal-Ausgabe (Band IX)

Gesamtherstellung: Clausen & Bosse, Leck
Printed in Germany
ISBN 3-596-10871-3

Gedruckt auf chlor- und säurefreiem Papier

Inhalt

Vorwort

Das am 1. Dezember 1911 in Berlin unter der Regie von Max Reinhardt uraufgeführte ›Jedermann‹-Spiel von Hugo von Hofmannsthal (1874–1929) ist neben dem ›Rosenkavalier‹ zu seinem bekanntesten Werk überhaupt geworden, vor allem seit es am 22. August 1920 erstmals vor dem Salzburger Dom und von da an bei allen Salzburger Festspielen in Szene ging.
Die in Thematik und Stil gleichermaßen scheinbar holzschnittartig oder gar anspruchslos wirkende Dichtung ist tatsächlich auf der Basis einer relativ komplizierten Quellenlage in einem vielschichtigen Entstehungsprozeß entstanden.
1903 war der Dichter auf das anonyme englischsprachige ›Everyman‹-Spiel vom Ende des 15. Jahrhunderts (Erstdruck 1529) aufmerksam geworden; er plante eine deutsche Bearbeitung, mit der er die Möglichkeiten der modernen Schaubühne erweitern wollte. Doch seit 1905 beschäftigte ihn eine eigene ›Jedermann‹-Dichtung in Prosa, die dem alten Stück nur noch die Grundsituation verdanken sollte – die unvorhergesehene Konfrontation eines lebensfrohen Mannes mit dem Tod. Diese in jeder Hinsicht moderne Dichtung blieb Fragment und ging teilweise in Hofmannsthals Arbeiten am ›Dominic Heintl‹ auf. Erst im September 1909 wandte sich Hofmannsthal wieder dem ›Jedermann‹-Stoff zu: Der geniale Regisseur Max Reinhardt drängte ihn, das in England inzwischen wieder sehr populär gewordene Sujet baldmög-

lichst zu bearbeiten, damit ihm niemand damit zuvorkomme. Hofmannsthal erstellte daraufhin eine fast vollständige, eng dem Original verpflichtete Übersetzung in unregelmäßig gereimten und dem Stil des Knittels angenäherten Versen. Bei einer abermaligen Begegnung mit Reinhardt im Januar 1911 wurde beiden ein gewisser Mangel an äußerer Handlung und Farbigkeit der Personenbezeichnung bewußt; um dem abzuhelfen, kontaminierte Hofmannsthal seine Übersetzung mit einem Spiel gleichen Themas von Hans Sachs: ›Ein comedi von dem reichen sterbenden menschen‹ (1549). Letzterem entnahm er Figuren und Handlungselemente vor allem für den ersten Teil, das sog. ›Weltleben‹ Jedermanns.

Darüber hinaus zog er neben vielen anderen, in den Einzelkommentaren zur Kritischen Ausgabe (s. u.) nachgewiesenen Vorlagen ein gereimtes Gebet Dürers (für die erste Szene mit der Mutter), Lieder einiger Minnesänger (für die Bankettszene) sowie sporadisch Schauspiele Calderons (›Balthasars Nachtmahl‹) und Maeterlincks (›L'Intruse‹) heran. Von ganz besonderem Einfluß auf Ideen und Motive der endgültigen Gestaltung des ›Jedermann‹ waren Georg Simmels ›Philosophie des Geldes‹ (Jedermanns Umgang mit seinem Reichtum und die Mammon-Szene) sowie Robert Burtons ›The Anatomy of Melancholy‹ aus dem 17. Jahrhundert (Jedermanns Charakter).

Fühlte sich der Dichter während der Abschlußarbeiten nur wie ein ›Restaurator‹, der sein Werk allerdings mit hohem Sachverstand betrieb, so stellte er den ›Jedermann‹ nach dem überraschend großen und nachhaltigen Bühnen- und Bucherfolg als seine ureigentliche Schöpfung heraus – und das mit Recht. Wie die ›Volksmärchen‹, auf die er sich in der Vorrede nicht zufällig beruft, ohne das Sammel- und Erzählgenie der Brüder Grimm nie zu einem internationalen Erfolg geworden wären, so wäre auch das ›Jedermann‹-Sujet ohne Hofmannsthals gelungene Kontamination divergierendster Quellen aus vielen Nationalliteraturen und Epochen, vor allem aber ohne seine artifiziell archaisierte und doch so genuin einheitlich wirkende Sprachgebung weithin vergessen geblieben. Dank neuerer Forschungen läßt sich nachweisen, wie genau Hofmannsthal – bewußt und unbewußt – den Bearbeitungsmethoden der Brüder Grimm folgte: Von der Kontamination international verbreiteter und verschiedenen Jahrhunderten entstammender literarischer Quellen über deren sprachliche Bearbeitung in einem einheitlichen Stil bis hin zur Einführung der sowohl in den ›Kinder- und Hausmärchen‹ wie im ›Jedermann‹ gleichermaßen zahlreichen volksläufigen Sprichwörter und Redensarten.

Dabei machen gerade die neuen Quellendokumentationen in der Kritischen Ausgabe deutlich, daß mit diesem Spiel nicht nur ein im wesentlichen dem Geist des Spätmittelalters verpflichtetes, typenhaftes und damit zeitloses Identifikationsangebot an Zuschauer und Leser aller Alters- und Bildungsschichten gegeben ist, sondern auch die Probleme des modernen Menschen, seines gesellschaftlichen Lebens und seines schweren Sterbens subtil eingebracht und aufgearbeitet sind.

Daß in der vorliegenden Ausgabe erstmals Flüchtigkeiten und Versehen in der bisher tradierten Textgestalt im Rückgriff auf Hofmannsthals Vorarbeiten revidiert werden konnten (an die 160 Verbesserungen oder Ergänzungen), mag dazu beitragen, diesem literarischen Welterfolg den Weg ins neue Jahrzehnt seiner Wirkungsgeschichte zu ebnen.

Heinz Rölleke

Die Kritischen Texte der drei verschiedenen ›Jedermann‹-Versionen Hofmannsthals (Prosa- und Übersetzungsfragment sowie Schlußfassung), Darstellung der Entstehungsgeschichte und Quellenlage sowie Dokumentationen der Überlieferungsträger, der Textvarianten und Zeugnisse nebst ausführlichen Einzelerläuterungen bietet die Kritische Ausgabe:
Hugo von Hofmannsthal, Sämtliche Werke, Band IX, Dramen 7, hrsg. von Heinz Rölleke (= Hugo von Hofmannsthal, Sämtliche Werke, Kritische Ausgabe, veranstaltet vom Freien Deutschen Hochstift, hrsg. von Rudolf Hirsch, Clemens Köttelwesch†, Heinz Rölleke, Ernst Zinn†), Frankfurt am Main, S. Fischer Verlag 1990.

Hugo von Hofmannsthal

JEDERMANN

Die deutschen Hausmärchen, pflegt man zu sagen, haben keinen Verfasser. Sie wurden von Mund zu Mund weitergetragen, bis am Ende langer Zeiten, als Gefahr war, sie könnten vergessen werden oder durch Abänderungen und Zutaten ihr wahres Gesicht verlieren, zwei Männer sie endgültig aufschrieben. Als ein solches Märchen mag man auch die Geschichte von Jedermanns Ladung vor Gottes Richterstuhl ansehen. Man hat sie das Mittelalter hindurch an vielen Orten in vielen Fassungen erzählt; dann erzählte sie ein Engländer des fünfzehnten Jahrhunderts in der Weise, daß er die einzelnen Gestalten lebendig auf eine Bühne treten ließ, jeder die ihr gemäßen Reden in den Mund legte und so die ganze Erzählung unter die Gestalten aufteilte. Diesem folgte ein Niederländer, dann gelehrte Deutsche, die sich der lateinischen oder der griechischen Sprache zu dem gleichen Werk bedienten. Ihrer einem schrieb Hans Sachs seine Komödie vom sterbenden reichen Mann nach. Alle diese Aufschreibungen stehen nicht in jenem Besitz, den man als den lebendigen des deutschen Volkes bezeichnen kann, sondern sie treiben im toten Wasser des gelehrten Besitzstandes. Darum wurde hier versucht, dieses allen Zeiten gehörige und allgemeingültige Märchen abermals in Bescheidenheit aufzuzeichnen. Vielleicht geschieht es zum letztenmal, vielleicht muß es später durch den Zugehörigen einer künftigen Zeit noch einmal geschehen.

Hugo von Hofmannsthal.

DRAMATIS PERSONAE

DER SPIELANSAGER

GOTT DER HERR
ERZENGEL MICHAEL
TOD
TEUFEL

JEDERMANN
JEDERMANNS MUTTER
JEDERMANNS GUTER GESELL
DER HAUSVOGT
DER KOCH
EIN ARMER NACHBAR
EIN SCHULDKNECHT
DES SCHULDKNECHTS WEIB

BUHLSCHAFT
DICKER VETTER
DÜNNER VETTER
ETLICHE JUNGE FRÄULEIN
ETLICHE VON JEDERMANNS TISCHGESELLEN
BÜTTEL
KNECHTE
SPIELLEUTE
BUBEN

MAMMON
WERKE
GLAUBE
MÖNCH
ENGEL

SPIELANSAGER *tritt vor und sagt das Spiel an*
Jetzt habet allesamt Achtung Leut
Und hört was wir vorstellen heut!
Ist als ein geistlich Spiel bewandt
Vorladung Jedermanns ist es zubenannt.
Darin euch wird gewiesen werden,
Wie unsere Tag und Werk auf Erden
Vergänglich sind und hinfällig gar.
Der Hergang ist recht schön und klar,
Der Stoff ist kostbar von dem Spiel
Dahinter aber liegt noch viel
Das müßt ihr zu Gemüt euch führen
Und aus dem Inhalt die Lehr ausspüren.

GOTT DER HERR *wird sichtbar auf seinem Thron (vor ihm der Tod, neben ihm der Erzengel Michael) und spricht*
Fürwahr mag länger das nit ertragen,
Daß alle Kreatur gegen mich
Ihr Herz verhärtet böslich,
Daß sie ohn einige Furcht vor mir
Schmählicher hinleben als das Getier.
Des geistlichen Auges sind sie erblindt
In Sünd ersoffen, das ist was sie sind,
Und kennen mich nit für ihren Gott,
Ihr Trachten geht auf irdisch Gut allein
Und was darüber, das ist ihr Spott,
Und wie ich sie mir auch anschau zur Stund

So han sie rein vergessen den Bund
Den ich mit ihnen aufgericht hab
Da ich am Holz mein Blut hingab.
Auf daß sie sollten das Leben erlangen
Bin ich am Marterholz gehangen.
Hab ihnen die Dörn aus dem Fuß getan
Und auf meinem Haupt sie getragen als Kron.
So viel ich vermocht, hab ich vollbracht
Und nun wird meiner schlecht geacht.
Darum will ich in rechter Eil
Gerichtstag halten über sie
Und Jedermann richten nach seinem Teil.
Wo bist du, Tod, mein starker Bot? Tritt vor mich hin.

TOD

Allmächtiger Gott, hier sieh mich stehn,
Nach deinem Befehl werd ich botengehn.

GOTT

Geh du zu Jedermann
Und zeig in meinem Namen ihm an
Er muß eine Pilgerschaft antreten
Mit dieser Stund und heutigem Tag
Der er sich nit entziehen mag.
Und heiß ihn mitbringen sein Rechenbuch
Und daß er nit Aufschub, noch Zögerung such.

TOD

Herr, ich will die ganze Welt abrennen
Und sie heimsuchen Groß und Klein,
Die Gotts Gesetze nit erkennen
Und unter das Vieh gefallen sein.

Der sein Herz hat auf irdisch Gut geworfen,
Den will ich mit einem Streich treffen,
Daß seine Augen brechen
Und er nit findt die Himmelspforten
Es sei denn, daß Almosen und Mildtätigkeit
Befreundt ihm wären und hilfsbereit.

Erscheinung des Herrn (und des Erzengels Michael) verschwindet. Tod steigt hinab, wird gleichfalls unsichtbar. Die Beleuchtung wechselt.

JEDERMANN *tritt aus seinem Haus hervor, ein Knecht hinter ihm*
Spring du um meinen Hausvogt schnell,
Muß ihm aufgeben einen Befehl.
Der Knecht geht hinein.
Mein Haus hat ein gut Ansehn, das ist wahr,
Steht stattlich da, vornehm und reich,
Kommt in der Stadt kein andres gleich.
Hab drin köstlichen Hausrat die Meng,
Viele Truhen, viele Spind,
Dazu ein großes Hausgesind,
Einen schönen Schatz von gutem Geld
Und vor den Toren manch Stück Feld,
Auch Landsitz, Meierhöf voll Vieh,
Von denen ich Zins und Renten zieh,
Daß ich mir wahrlich machen mag
So heut wie morgen fröhliche Tag.
Hausvogt tritt auf.
Vogt, bring einen Säckel Geldes straff,
Den hab ich vergessen in Gürtel zu tun,
Und merk, was ich dir noch anschaff:
Für morgen wird ein Frühmahl gericht,

Das muß bereit't sein aufs allerbest
Kommen Verwandte und fremde Gäst.
Der Tisch muß prächtig sein bestellt,
Schick her den Koch, du geh ums Geld.
Vogt geht hinein, Koch tritt sogleich auf.
Ein köstlich Frühmahl befehl ich an
Für morgen.

KOCH Ja, und soll ich dann
Einen jeden Gang bereiten frisch?

JEDERMANN *zornig*
Daß dich das Fieber rüttel, frisch!
Kein Überbleibsel auf meinen Tisch.

KOCH
Es wär von gestern geblieben die Meng
Zumindest für zwei kalte Gäng.

JEDERMANN
Du Esels-Koch bist so vermessen,
Soll ich eine Bettlermahlzeit essen?
Der Koch geht ab. Der Vogt ist herausgekommen mit einem Beutel.

JEDERMANN *nimmt den Beutel*
Acht du auf meine Mägd und Knecht,
Gefallen mir allermaßen nit recht.

Der arme Nachbar wird in der Ferne sichtbar, nähert sich ängstlich. Jedermanns Geselle kommt zugleich raschen Schrittes die Straße hergegangen.

JEDERMANN *zum Hausvogt*
Dafür stehst du an der obersten Stell,
Daß du auf sie – da kommt mein Gesell.
Hausvogt geht ins Haus.
Hätt beinah müssen auf dich warten,
Wir wollen jetzt vors Stadttor gehen
Und uns dort das Grundstück ansehen,
Obs tauglich ist für einen Lustgarten.

GESELL
Hast Fortunati Säckel in der Hand
Dann ist die Sach schon recht bewandt.
Ja, bei dir gilts: gewünscht ist schon getan,
Du hasts danach, drum steht dirs an.

ARMER NACHBAR
Das ist des reichen Jedermann Haus.
Oh, Herr, dich bitt ich überaus
Wollest dich hilfreich meiner erbarmen,
Mildtätig beistehen einem Armen.

GESELL *zu Jedermann*
Ja, wie gesprochen, wir müssen eilen,
Dürfen uns gar nit länger verweilen.

ARMER NACHBAR *hebt bittend die Hände*
Oh, Jedermann, erbarm dich mein.

GESELL
Kennst du leicht das Gesicht?

JEDERMANN Ich? Wer solls sein?

ARMER NACHBAR
Oh, Jedermann, zu dir heb ich die Hand,
Hab auch einst bessre Tag gekannt.
War einst dein Nachbar, Haus bei Haus,
Dann hab ich müssen weichen draus.

JEDERMANN *gibt ihm eine Münze aus dem Gürtel*
Schon gut!

ARMER NACHBAR *nimmts nicht*
Das ist eine Gabe gering.

JEDERMANN
Meinst du? Gottsblut! So reut mich doch das Ding.

ARMER NACHBAR *weist auf den Beutel*
Davon mein nachbarlich Bruderteil,
So wär ich wieder gesund und heil.

JEDERMANN
Davon?

ARMER NACHBAR
Es ist an dem, ich knie vor dir,
Nur diesen Beutel teil mit mir.

JEDERMANN *lacht*
Nur?

GESELL
Selbig ist besessen alls!
Hättst tausend Bettler auf dem Hals.
Was tausend, hunderttausend gleich!

ARMER NACHBAR
Bist allermaßen mächtig reich.
Teilst du den Beutel auf gleich und gleich,
Dir bleiben die Truhen voll im Haus,
Dir fließen Zins und Renten zu.

JEDERMANN
Mann, wer heißt dich, mein Schrank und Truh,
Mein Zins und Rent in Mund nehmen?

GESELL *zu armem Nachbar*
Ich tät mich allerwegen schämen.

JEDERMANN *gütig zuredend*
Laß! –
Er wendet sich zu Nachbar
Mann, da bist du in der Irr,
Wenn du meinst, ich könnt ohnweilen
Den Beutel Geld da mit dir teilen.
Das Geld ist gar nit länger mein,
Muß heut noch abgeliefert sein
Als Kaufschilling für einen Lustgarten.
Ich steh dem Verkäufer dafür im Wort.
Er will aufs Geld nit länger warten.

ARMER NACHBAR
Wenn dieses Geld für den Garten ist,
So brauchts für dich nur einen Wink,
Für einen Beutel hast du zehn,
Heiß einen andern bringen flink,
Den teil mit mir, bist du ein Christ.

JEDERMANN
Der nächste, brächt man ihn herbei,
Der Beutel, der wär auch nit frei.
Mein Geld muß für mich werken und laufen
Mit Tod und Teufel hart sich raufen,
Weit reisen und auf Zins ausliegen,
Damit ich soll, was mir zusteht, kriegen.
Auch kosten mich meine Häuser gar viel,
Pferd halten, Hund und Hausgesind
Und was die andern Dinge sind,
Die alleweil zu der Sach gehören,
Lustgärten, Fischteich, Jagdgeheg,
Das braucht mehr Pfleg als ein klein Kind,
Muß stets daran gebessert sein,
Kost' alls viel Geld, muß noch viel Geld hinein.
»Ein reicher Mann« ist schnell gesagt,
Doch unsereins ist hart geplagt
Und allerwegen hergenommen,
Das ist dir nicht zu Sinn gekommen!
Da läufts einher von weit und breit
Mit Anspruch und Bedürftigkeit
Tät unsereins nit der Schritte drei
Von hier bis an die nächste Wand
Ohn eine allzeit offne Hand.
Ist alls schon recht, muß nur dafür
Ein Fug und ein Gesetz auch walten
Und jeglich Teil daran sich halten.
Und achten gnau was ihm gebühr:
Dawider hast du dich verfehlt,
Wär all mein Geld und Gut gezählt
Und ausgeteilt auf jeglichen Christ,
Der Almosens bedürftig ist,

Es käm mein Seel nit mehr auf dich
Als dieser Schilling sicherlich,
Drum empfang ihn unverweil,
Ist dein gebührend richtig Teil.

Nachbar nimmt den Schilling und geht.

GESELL

Dem hast dus gegeben recht mit Fug,
Ja, das weiß Gott, viel Geld macht klug.

JEDERMANN

Nun wollen wir gehen, es dustert schon.

Schuldknecht kommt, von zwei Bütteln geführt, hinter ihm sein Weib und seine Kinder in Lumpen.

GESELL

Was ist das für einer Mutter Sohn,
Den sie da bringen hergeführt,
Die Arme kreuzweis aufgeschnürt?
Mich dünkt, das geht an ein Schuldturmwerfen,
Hätt sich auch mehr in acht nehmen derfen.
Jetzt muß er's bei Wasser und Brot bedenken
Oder sich an einen Nagel henken.
Ja, Mann, du hast halt ein Reimspiel trieben
Und Schulden auf Gulden, die reimen gar gut.

SCHULDKNECHT *sieht Jedermann an*

Hat mancher sein Schuldbuch nit in der Hut
Und ist drin vieles in Übel geschrieben.

JEDERMANN

Auf wen geht das?

SCHULDKNECHT Auf den, der fragt allweil.

JEDERMANN
Bins nit bewußt für meinen Teil,
Weiß nit, für wen du mich willst nehmen.

SCHULDKNECHT
In deiner Haut wollt ich mich schämen.

JEDERMANN
Gibst harte Wort mir ohn Gebühr,
Dir gehts nit wohl, was kann ich dafür?

SCHULDKNECHT
Für harte Stöß sind sanft meine Wort.

JEDERMANN
Wer stößt dich?

SCHULDKNECHT
Du, an einen harten Ort.

JEDERMANN
Ich kenn dich auch vom Ansehen nit.

SCHULDKNECHT
Ist doch dein Fuß, der auf mich tritt.

JEDERMANN
Das wär mir seltsam, daß ich so tät
Und nichts davon in Wissen hätt.

SCHULDKNECHT
Dein Nam steht auf einem Schuldschein,
Der bringt mich in diesen Kerker hinein.

JEDERMANN
Bei meinem Patron, was geht's mich an?

SCHULDKNECHT
Bist doch der selbige Jedermann,
In dessen Namen und Antrag
Beschehn ist wider mich die Klag!
Daß ich in einen Turm werd bracht
Geschieht allein durch deine Vollmacht.

JEDERMANN *tritt hinter sich*
Ich wasch in Unschuld meine Händ
Als einer, der diese Sach nit kennt.

SCHULDKNECHT
Deine Helfers-Helfer und Werkzeug halt,
Die tun mir Leibes- und Lebensgewalt.
Der Hintermann bist du von der Sach,
Das bring dir zeitlich und ewig Schmach.
In Grund und Boden sollst dich schämen.

JEDERMANN *eckige Gebärde*
Wer hieß dich Geld auf Zinsen nehmen?
Nun hast du den gerechten Lohn.
Mein Geld weiß nit von dir noch mir
Und kennt kein Ansehen der Person.
Verstrichne Zeit, verfallner Tag,
Gegen die bring deine Klag.

SCHULDKNECHT *wendet sich gegen sein Weib und seine Kinder*
Er höhnt und spottet meiner Not!
Da seht ihr einen reichen Mann.
Sein Herz weiß nichts von Gotts Gebot,
Hat tausend Schuldbrief in seinem Schrein
Und läßt uns Arme in Not und Pein.

SCHULDKNECHTS WEIB
Kannst du dich nit erbarmen hier,
Zerreißen ein verflucht Papier,
Anstatt daß meinen Kindern da
Der Vater wird in Turm geschmissen,
Von dem dir nie kein Leid geschah!
Hast du kein Ehr und kein Gewissen,
Trägst du mit Ruh der Waisen Fluch
Und denkst nit an dein eigen Schuldbuch,
Das du mußt vor den Richter bringen,
Wenns kommt zu den vier letzten Dingen?

JEDERMANN
Weib, du sprichst was du schlecht verstehst,
Es ist aus Bosheit nit gewest
Man hat sich voll und recht bedacht,
Eh man die scharfe Klag einbracht.
Geld ist wie eine andere War
Das sind Verträg und Rechte klar.

GESELL
Wär schimpflich um die Welt bestellt
Wenns anders herging in der Welt.

SCHULDKNECHTS WEIB
Geld ist ein Pfennig, den eins leiht
Dem Nächsten um Gottes Barmherzigkeit.

SCHULDKNECHT
Geld ist nicht so wie andre War
Ist ein verflucht und zaubrisch Wesen,
Wer seine Hand ausreckt darnach
Nimmt an der Seele Schaden und Schmach,
Davon er nimmer wird genesen.
Des Satans Fangnetz in der Welt
Hat keinen andern Nam als Geld.

JEDERMANN
Du lästerst als ein rechter Narr,
Weiß nicht wozu ich hier verharr,
Gibst vor, du achtest das Geld gering
Und war dir schier ein göttlich Ding!
Nun möchtest ihm sein Ansehen rauben,
Bist wie der Fuchs mit sauern Trauben.
Doch wer so hinterm Rücken schmäht,
Der findt keinen Glauben für seine Red.

SCHULDKNECHT
Aus meinen Leiden hab ich Gewinn
Daß ich vermag in meinem Sinn
Des Teufels Fallstrick zu erkennen
Und meine Seel vom Geld abtrennen.

GESELL
Geld ist längst abgetrennt von dir
Drum hast dort im Turm Quartier.

JEDERMANN

Nimm die Belehrung von mir an
Das war ein weiser und hoher Mann
Der uns das Geld ersonnen hat,
An niederen Tauschens und Kramens statt
Dadurch ist unsere ganze Welt
In ein höher Ansehen gestellt
Und jeder Mensch in seinem Bereich
Schier einer kleinen Gottheit gleich.
Daß er in seinem Machtbezirk
Gar viel hervorbring und bewirk.
Gar vieles zieht er sich herbei
Und ohn viel Aufsehen und Geschrei
Beherrscht er abertausend Händ,
Ist allerwegen ein Regent.
Da ist kein Ding zu hoch noch fest,
Das sich um Geld nicht kaufen läßt.
Du kaufst das Land mitsamt dem Knecht
Ja, von des Kaisers verbrieftem Recht
Das alle Zeit unschätzbar ist
Und eingesetzt von Jesu Christ
Davon ist ein gerechtsam Teil
Für Geld halt allerwegen feil,
Darüber weiß ich keine Gewalt,
Vor der muß jeglicher sich neigen
Und muß die Reverenz bezeigen
Dem, was ich da in Händen halt.

SCHULDKNECHTS WEIB

Du bist in Teufels Lob nit faul,
Wie zu der Predigt geht dein Maul.
Gibst da dem Mammonsbeutel Ehr,
Als obs das Tabernakel wär.

JEDERMANN
Ich gebe Ehr, wem Ehr gebühr,
Und läster nicht wo ich die Macht verspür.

SCHULDKNECHT *indem ihn die Büttel fortschleppen*
Was hilft dein Weinen, liebe Frau,
Der Mammon hat mich in der Klau.
Warum hab ich mich ihm ergeben,
Nun ists vorbei mit diesem Leben.
Sie führen ihn ab.

SCHULDKNECHTS WEIB
Kannst du das sehn und stehst wie Stein?
Wo bett ich heut die Kinder mein?
Geht ihm nach.

JEDERMANN *zum Gesellen*
Tu mirs zulieb, geh da hint nach
Und sieh im stillen zu der Sach.
Der Mann kommt in Turm, da mag nichts frommen,
Dem Weib gewähr ich ein Unterkommen
Und was sie nötig hat zum Leben
Zusamt den Kindern, das will ich ihr geben.
Mein Hausvogt soll mir darnach sehn
Und ihr freimachen eine Kammer
Doch will ich Plärrens ledig gehn
Ihre Not nicht wissen, noch Gejammer.
Das ist ein erzverdrießlich Sach
Man lebt geruhig vor sich hin
Hat wahrlich Böses nit im Sinn
Und wird am allerschönsten Tag
Hineingezogen und weiß nit wie

In Hader, Bitternis und Klag
Und aufgescheucht aus seiner Ruh.
Ich frag dich, wie komm ich dazu:
Was geht mich an dem Kerl sein Taglauf?
Er hats halt angelegt darauf,
Nun steckt er drin, schreit ach und weh
Das folgt halt wie aufs A das B.
Ein Häusel baun mit fremdem Geld,
Wer also haust, um den ists so bestellt.
Das ist seit Adams Zeit der Lauf,
Ist nit erst kürzlich kommen auf.
Zum Schluß aber tät ers in d'Schuh schieben
Dem, so er Haufen Gelds schuldig blieben.
Dess Langmut und Geduld arg viel
Hat müssen herhalten zu dem Spiel
Der selbig erbarmungsvolle Mann
Der wär ihm gar ein Teufel dann.
Jetzt aber, daß ich es ehrlich sag,
Steht mir der Sinn nit mehr darnach,
Daß ich einen Lustgarten anschau,
Auch wird es duster schon und grau.
Tu mir die Lieb, mein guter Gesell,
Wenn du das andre besorgt hast schnell,
Trag den Kaufschilling da zurecht,
Weil die Versäumnis mir Ärgernis brächt.
Der Garten zusamt dem Lusthaus drein
Soll alls für meine Freundin sein
Auf einen Jahrtag ein Angebind.

GESELL

Bei der ich dich doch heut Abend find?
Ich bring dir den Kaufbrief gleich dahin
Ausgefertigt nach deinem Sinn.

JEDERMANN

Hab vielen Dank, du guter Gesell,
Mich drängts, daß ich dort hinkomm schnell
Ist doch der einzige Ort in der Welt,
Wo nichts mir meine Lust vergällt.
Ist recht ein paradiesisch Gut
Was ihre Lieb mir bereiten tut.
Darum hab ich im Willen dieses Ding
Daß ich ein Angebind ihr bring,
Darin ich wie in einem Gleichnis und Spiegel
Ihr meine Dankbarkeit besiegel.

GESELL

Wie willst das tun, in welcher Weis?

JEDERMANN

Dazu richt ich den Garten mit Fleiß
Und stell inmitten ein Lusthaus hin,
Das bau ich recht nach meinem Sinn
Als einen offenen Altan
Mit schönen steinernen Säulen daran
Auch springende Wasser und erzene Bild
Die sollen nicht fehlen zur vollen Zier
Und dann ich die Anlag also führ,
Daß unter dem Morgen- und Abendwind
Ein Ruch von Blumen mancher Art
Daherstreich allezeit gelind
Von Lilien, Rosen und Nelken zart.
Auch führ ich jederseits Gäng und Bogen
Von Buschwerk alls so dicht gezogen,
Daß eines noch zu hellem Mittag
Sich Kühl und Frieden finden mag

Und einen ungequälten Ort,
Der von der Sonne niemals dorrt.
Desgleichen an einer verborgenen Stätte
Recht wie der Nymphe quillend Bette
Laß ich aus kühlem glatten Stein
Eine fließende Badstub errichtet sein.

GESELL
Das wird ein köstlich Gärtlein, fürwahr,
Und seinesgleichen nit leicht zu finden.

JEDERMANN
Das will ich meiner Liebsten einbinden
Und nehm sie dann an beide Händ
Und führ sie hinein, damit sie erkennt
In diesem Gärtlein köstlich und mild
Ihr eigen abgespiegelt Bild.
Die allzeit liebreich mich ergetzt
Mit Hitz und Schattenkühl mich letzt
Und einem verschlossenen Gärtlein gleich
Den Gärtner selig macht und reich.

GESELL
Da seh ich deine Frau Mutter kommen,
Wird dir jetzt die Begegnung frommen?

JEDERMANN
Drück mich nit gern vor ihr beiseit,
Hab aber wahrlich nit viel Zeit.
Geh du, bring mir zurecht die Ding,
Indessen ich meinen Gruß darbring.

JEDERMANNS MUTTER
Bin froh, mein Sohn, daß ich dich seh
Geschieht mir so im Herzen weh
Daß über weltlich Geschäftigkeit
Dir bleibt für mich geringe Zeit.

JEDERMANN
Die Abendluft ist übler Art
Und deine Gesundheit gebrechlich und zart,
Kann dich mit Sorgen nur hier sehn
Möchtest nit ins Haus eingehn?

JEDERMANNS MUTTER
Gehst du dann mit und bleibst daheim?

JEDERMANN
Für diesen Abend kanns nit wohl sein.

JEDERMANNS MUTTER
So darfst dich nit verdrießen lassen,
Daß ich dich halt hier auf der Gassen.

JEDERMANN
Ist mir gar sehr um deine Gesund
Vielleicht wir könnten zu anderer Stund –

JEDERMANNS MUTTER
Um meine Gesundheit kein Sorg nit hab,
Ich steh mit einem Fuß im Grab.
Mir gehts nit um mein zeitlich Teil,
Doch dester mehr ums ewig Heil.

Einen Schritt näher
Verziehst du dein Gesicht, mein Sohn,
Wenn ich die Red anheb davon?
Und wird die Frag dich recht beschwern,
Wenn ich dich mahn, ob deine Seel zu Gott gekehrt ist, ihrem Herrn?
Jedermann einen Schritt zurück. Mutter ihm nach:
Trittst hinter dich vor Ungeduld
Und mehrest lieber Sündenschuld,
Als in dich gehen ohne Spott
Und recht betrachten deinen Gott?
Da doch von heut auf morgen leicht
Eine Botschaft dich von ihm erreicht
Du sollest vor seinen Gerichtsstuhl gehen
Und von deinem ganzen Erdenleben
Eine klare Rechnung vor ihm geben.

JEDERMANN
Frau Mutter, spotten ist mir fern
Doch weiß ich, die Pfaffen drohen halt gern.
Das ist nun einmal ihr Sach in der Welt,
Ist abgesehen auf unser Geld,
Damit sies bringen auf ihre Seit,
Sie wissens zu fädeln gar gescheit.
Doch kränkts mich wie sie Alten und Kranken
In Kopf nichts bringen als finstre Gedanken.

JEDERMANNS MUTTER
Die Finsternis ist wo anders dicht,
Doch solche Gedanken sind hell und licht.
Wer recht in seinem Leben tut,
Den überkommt ein starker Mut

Und ihn erfreut des Todes Stund
Darin ihm Seligkeit wird kund.
Oh, wem die Stunde des Tods allweg
Recht wohl betracht am Herzen läg
Um den braucht einer Mutter Herz
Nit Sorgen tragen und üblen Schmerz.

JEDERMANN

Wir sind gute Christen und hören Predig
Geben Almosen und sind ledig.

JEDERMANNS MUTTER

Wie aber, wenn beim Posaunenschall
Du von deinen Reichtümern all
Ihm sollst eine klare Rechnung geben
Um ewigen Tod oder ewiges Leben?
Mein Sohn, es ist ein arg Ding zu sterben,
Doch ärger noch auf ewig verderben.

JEDERMANN

Auf vierzig Jahre bin ich kaum alt,
Mich wird eins halt nit mit Gewalt
Von meinen irdischen Freuden schrecken.

JEDERMANNS MUTTER

Willst du den Kopf in den Sand stecken
Und siehst den Tod nit, Jedermann,
Der mag allstund dich treten an?

JEDERMANN

Bin jung im Herzen und wohl gesund
Und will mich freuen meine Stund,

Es wird die andre Zeit schon kommen,
Wo Buß und Einkehr mir wird frommen.

JEDERMANNS MUTTER
Das Leben flieht wie Sand dahin,
Doch schwer umkehret sich der Sinn.

JEDERMANN
Frau Mutter, mir ist das Reden leid,
Hab schon gesagt, hab heut nit Zeit.
Wendet sich ab.

JEDERMANNS MUTTER *sanft*
Mein lieber Sohn!

JEDERMANN *gereut das Abwenden*
Bin sonst allzeit
Gehorsam gern und dienstbereit.
Will gehen.

JEDERMANNS MUTTER
Mein Red ist dir verdrießlich sehr,
Das macht mich doppelt kummerschwer,
Einen Schritt näher
Mein guter Sohn, ich hab ein Ahnen,
Ich werd dich nimmer lang ermahnen.
Fall dir zur Last noch kurze Zeit,
Weil ich von hier mich bald abscheid.
Doch du bleibst dann allein dahint
Und bist mein unberaten Kind.
So sag ich dir halt nur ein Wort,
Das dich mit langer Red nit kränk,

Sei deines Herrn Gotts eingedenk.
Und auch seiner großen Gnadenspend,
Der sieben heiligen Sakrament.
Davon ein jegliches uns frommt
Und unserer Schwäch zu Hilfe kommt
Ein jegliches in besondrer Weis
Uns stärket auf dieser Lebensreis.

JEDERMANN
Was soll –

JEDERMANNS MUTTER *hebt die Hand*
Du bist ein stattlicher Mann
Und Fraulieb steht dir wohl an.
Und hat denn unsrer Erlöser nicht,
Der weiß, woran es uns gebricht,
Und alles auf dieser Erden kennt
Und alles zu unsrem Segen wendt,
Ein Sakrament nit eingesetzt
Wodurch was also dich ergetzt
Verwandelt wird und kehrt sich um
Aus Wollust in ein Heiligtum!
Willst stets in arger Zucht umtreiben
Und fremd die heilige Eh dir bleiben?

JEDERMANN
Frau Mutter, die Red ist mir bekannt.

JEDERMANNS MUTTER
Hat doch dein Herz nit umgewandt.

JEDERMANN
Ist halt noch allweil die Zeit nit da.

JEDERMANNS MUTTER
Und doch der Tod schon gar so nah.

JEDERMANN
Ich sag nit ja, sag auch nit nein.

JEDERMANNS MUTTER
So muß ich allweg in Ängsten sein.

JEDERMANN
Auch morgen ist halt noch ein Tag.

JEDERMANNS MUTTER
Wer weiß, wer den noch sehen mag.

JEDERMANN
Macht Euch nit unnütze Beschwerden,
Ihr seht mich sicher noch ehlich werden.

JEDERMANNS MUTTER
Mein guter Sohn, für dieses Wort
Will ich dich segnen immerfort,
Sei viel bedankt, daß mir dein Mund
So schönen Vorsatz machet kund.

JEDERMANN
Hab nit von heut noch morgen geredt.

JEDERMANNS MUTTER
Wenn nur dein Wille dagegen nit steht.
Einer Mutter Herz ist wohl gestellt
Wo nur ein gutes Wörtlein hinfällt.

Dein Vorsatz ist noch klein und schwach,
Zielt doch auf eine heilige Sach
Und daß du so geantwort hast,
Nimmt von der Brust mir schwere Last.

JEDERMANN

Viel gute Nacht, Frau Mutter nun,
Ich wünsch, du mögest sänftlich ruhn.

JEDERMANNS MUTTER

So will ich, mein lieber guter Sohn,
Und ist mir doch als ob ein Ton
Gar schön wie Flöten und Schalmein
In deine Worte tön herein!
An solchen Zeichen und Gesicht
Mirs dieser Tage nit gebricht.
Ich nehm sie als eine Vermahnung hin,
Daß bald ich eine Sterbende bin.
Geht.

JEDERMANN

Nun hör ich auch ein solch Getön,
Sollt also seltsam dies zugehn?
O, nein, das geschieht natürlicher Weis
Wie wohl ichs noch nit zu deuten weiß.
Nun aber gehts nit bloß ins Ohr,
Tritt auch den Augen was hervor. –

Buhlschaft kommt heran, von Spielleuten und Buben, die Windlichter tragen, begleitet.

Das ist ja meine Buhle wert,
Nach der mein Herz schon hart begehrt.

Hat Spielleut mit eine ganze Schar
Und kommt mich abzuholen gar.

BUHLSCHAFT *die andern bleiben zurück*
Wer alls lang auf sich warten läßt
Und ist der wertest aller Gäst,
Den muß man mit Zimbeln und Windlicht
Abholen und führen zu seiner Pflicht.

JEDERMANN
Er nimmt sie bei der Hand, und sie reden im Gehen.
Du schlägst die Lichter mit eigenem Schein,
Deine Red ist süßer als Schalmein,
Ist alls für mich zu dieser Stund
Wie Balsam für die offne Wund.

BUHLSCHAFT
War mir doch, eh ich zu dir trat,
Als ob dir jemand nahe tat
Und wär dein helle Stirn und Wangen
Von einer Trübnis überhangen.

JEDERMANN
Wie, gelt ich also viel vor dir,
Daß du solch Ding erspähst an mir?
So bin ich dir wahrhaftig dann
Kein ältlich, unbequemer Mann?

BUHLSCHAFT
Mit dieser Red geschieht mir weh,
Dess' ich zu dir mich nit verseh.
Steh nit auf grüne Buben an,
Du bist mein Buhl und lieber Mann.

JEDERMANN

Fühl mich wahrhaftig herzensjung
Und selber bubenhaft genung,
Und wenn ich alls kein Bub mehr bin,
So zärtlicher ist drum mein Sinn.

BUHLSCHAFT

Ein Bub liebt frech und ohne Art,
Ein Mann ist großmütig und zart.
Hat milde Händ und steten Sinn,
Das zieht zu ihm die Frauen hin.

JEDERMANN

Wenn eins gemahnt wär an den Tod
Und hätt Melancholie und Not
Und säh auf deine Lieblichkeit,
Dem tät sein trübes Denken leid.

BUHLSCHAFT

Das Wort allein macht mir schon bang,
Der Tod ist wie die böse Schlang,
Die unter Blumen liegt verdeckt,
Darf niemals werden aufgeweckt.

JEDERMANN

Du Süße, schaff ich dir noch Sorgen?
Wir lassen sie unter Blumen verborgen
Und wissen nirgend nichts von Schlangen,
Als zweien, die gar hold umfangen.

BUHLSCHAFT

Wie, wären die mir auch bekannt,
Wie werden diese denn genannt?

JEDERMANN

Das sind die lieben Arme dein,
In diese sehn ich mich hinein.

Sie küßt ihn und setzt ihm einen bunten Blumenkranz auf, den ein Bub darreicht.

Ein Teil der Buben läuft hinauf, sie streuen Blumen und wohlriechende Kräuter. Ein Tisch kommt aus dem Boden empor, reich gedeckt und mit Lichtern. Jedermann und Buhlschaft treten jedes an eine Seite der Treppe, die zum obern Gerüst emporführt. Die Gäste, zehn Junggesellen und zehn Fräulein, kommen hinein von beiden Seiten tanzend und singend.

VORSÄNGER

Ein Freund hat uns beschieden,
Er heißet Jedermann,
Der Mann ist guter Art,
Hat eine Freundin zart,
Drum blieb er ungemieden
Und hat er uns beschieden,
So treten wir heran.

ALLE

Wohlauf antreten
In fröhlichem Tanz,
einander gegenüber
Schalmeien, Drommeten
Wir sein hier gebeten
Zu Fackeln und Glanz
Und kommen mit Tanz.

Wir waren mit Blicken
Nit zaghaft und bang,
ineinander verschränkt
Nun gehts an ein Drücken
Recht nah und gedrang,
Wir wollen uns verstricken
Und schlingen den Kranz,
So wollen wir vorrücken,
Das ehret den Tanz.

Ein jeder erwähle
Mit liebendem Sinn
gemeinsam dicht verschlungen vorrückend
Und keiner verhehle
Seiner Freuden Gewinn.
Wir wollen uns umstricken,
Das wärmet das Blut,
So wollen wir vorrücken
Mit fröhlichem Mut.

JEDERMANN
Seid allesamt willkommen sehr,
Erweist mir heut die letzte Ehr.

EIN FRÄULEIN
Das ist ein sonderlicher Gruß.

DICKER VETTER
Potz Maus, mein Vetter Jedermann,
Wie grüßt Ihr uns, was ficht Euch an?

BUHLSCHAFT
Was ist dir, was schafft dir Verdruß?

JEDERMANN
Ist unversehens zu Mund so kommen,
Ich heiß euch alle recht schön willkommen!

BUHLSCHAFT
Nehmt, wie der Sinn euch steht, die Plätz!
Ihr Buben, reicht Handwasser jetzt!
Was stehst du da und siehst so fremd?

Sie setzen sich.

JEDERMANN
Sie sitzen ja alle im Totenhemd!

BUHLSCHAFT
Was ficht dich an, bist du mir krank?

JEDERMANN *stehend*
Haha! ein ungereimter Gedank!
muß lachen
Ich trink jetzt einen Becher Wein,
Der macht das Hirn von Dämpfen rein.

BUHLSCHAFT
Sitz! red zu ihnen ein freundlich Wort!

JEDERMANN *läßt einen Blick umherschweifen, setzt sich*
Ihr Leute, seid ihr auch recht am Ort?
Ihr sehet mächtig fremd mir aus.
Ein Schweigen.

DÜNNER VETTER
Potz Velten, Vetter Jedermann,
Wollt Ihr uns wiedrum treiben fort?

DICKER VETTER
Das schafft Ihr nicht so leicht, Potz Maus,
Dazu ist Euer Koch zu gut,
Auch geht der Wein recht warm ins Blut,
Freu mich, daß ich hier seßhaft bin.

JEDERMANN
Jawohl... nur bloß... mir steht zu Sinn,
Wie ihr da seid hereingelaufen,
So könnte ich euch alle kaufen
Und wiederum verkaufen auch,
Daß es mir nit so nahe ging
Als eines Fingernagels Bruch.

EIN GAST
Was soll uns dieser grobe Spruch?

EIN FRÄULEIN
Was meint er nur mit diesem Ding?

DICKER VETTER
Die Reden sind sonst nit sein Brauch.

BUHLSCHAFT *die Hand auf seiner Schulter*
Geht die Red gleicherweis auf mich?

JEDERMANN *sieht sie an.*

EIN GAST *halblaut*
Ist recht eines reichen Mannes Red,
Gar überfrech und aufgebläht.

BUHLSCHAFT
Dein Blick ist starr und fürchterlich,
Für was willst du mich strafen, sprich.

JEDERMANN
Dich strafen, Süße, ist mir fern,
Lieb dich gleich meinem Augenstern,
Hab müssen denken von ungefähr
Wie deine Miene beschaffen wär,
Wenn dir auf eins zukäm die Kund,
Daß ich müßt sterben zu dieser Stund.

BUHLSCHAFT
Um Christi Willen, was ficht dich an,
Mein Buhle traut, mein lieber Mann,
Ich bin bei dir, sieh doch auf mich,
Dein bin ich heut und ewiglich.

JEDERMANN
Wenn ich dann spräch: Bleibst du bei mir?
Willst dort bei mir sein so wie hier?
Er faßt sie an.
Willst mich geleiten nach der Stätte
Und teilen mein eiskaltes Bette?
Fielest ohnmächtig mir zu Füßen,
So hätte ich meine Frag zu büßen!
Wollt ich trotzdem des Wegs dich locken
Tät dir das Blut in Adern stocken,

Wäre mir gedoppelt Marterqual
Und Gall und Essig allzumal,
Wenn ich müßt sehen mit eigenen Augen
Wie deine süßen Schwür nit taugen
Und wie du lösest deine Händ
Aus meinen Händen gar am End
Läßt sie aus.
Und deinen Mund von meinem Mund
Abtrennest in der letzten Stund.
O weh.
Er seufzt.

BUHLSCHAFT *steht*
Ihr lieben Vettern und Leut,
Mein Liebster ist besonders heut,
Weiß nit, wes ich mich soll versehn,
Könnt ihr mit Rat mir nit beistehn?

JEDERMANN *starrt vor sich und tut sich den Kranz aus dem Haar.*

BUHLSCHAFT
Er sitzt nit fröhlich und gepaart
Und redt von Dingen aus der Art,
Hab nie zuvor ihn so gesehn,
Weiß nit was ihm mag sein beschehn!

DÜNNER VETTER
Potz Velten, Vetter Jedermann,
Habt Ihr leicht die Melancholie?
Wenn nit, was sonsten ficht Euch an?

DICKER VETTER
Kenn das, sitzt hinterwärts der Stirn
Ist eine Trockenheit im Hirn
Ist mir von meinem Herrn Vater bekannt
Mit ihm wars öfter so bewandt.
Mußt brav eines trinken, mit Vergunst
Daß dir der Wein das Hirn aufdunst.

EIN FRÄULEIN
Gehört ein Absud in den Wein
Von Nießwurz, Veilchen oder Hanf.

DICKER VETTER
Hier Buben machet heiß den Wein
Daß er fast glühender aufdampf
Und tut ein Zimmet und Ingwer ein.
Sie machen hinten den Wein glühend auf einer Pfanne.

EIN ANDERES FRÄULEIN
Hab sagen hören es gibt einen Stein
Den trägt die Schwalbe in ihrem Bauch
Den haben die großen Ärzt im Brauch
Heißt Chelidonius.

DÜNNER VETTER Nein Calcedon!
Hab öfter reden hören davon.
Ist mächtig gegen die Melancholie.

EIN DRITTES FRÄULEIN
Ich mein, er müßt mit der Sympathie
Kuriert sein. Ist giftiger Hauch
Im Spiel hier oder böser Blick.

Wär mir mein Liebster also krank
Ich täts probieren ohne Wank.

DIE ZWEITE
Was tätst probieren?

DIE DRITTE Ist geheim!
Darf in gemeinem Mund nit sein
Verliert sonst seine verborgne Kraft.

DIE ZWEITE
Von wo hast du die Wissenschaft?

DIE DRITTE
Habs halt einmal und gebs nit preis.
Sags aber ihr ins Ohren leis.
Steht auf, flüstert Buhlschaft ins Ohr. Gleichzeitig reden mehrere unten am Tisch das Folgende.

EIN GAST
Wenn eins halt allzeit lebt zu gut
Das schafft ihm ein verdicktes Blut,
Einen armen und beschwerten Mann
Käm die Melancholie nit an.
Lachen.

EIN FRÄULEIN
Was heißen sie denn die Spielleut nit
Anheben mit Blasen und Geigenstreichen
Davor muß immer der Trübsinn weichen.

EIN ANDERES FRÄULEIN
Wir wollen anheben zu singen was
Davon schon öfter einer genas.

EIN GAST
Darf aber ein züchtig Lied nur sein.

EIN ANDERER
Sie singt nit anders als zart und fein.

DER EINE GAST *am untern Tisch*
Kennt ihr das Lied, das anhebt so?
»In süßen Freuden geht die Zeit«
Davon so dünkt mich müßt einer zur Stund
Wenn er es anhört, werden gesund.

DAS EINE FRÄULEIN
Nein lasset doch, sind wir denn Pfaffen?
Was soll ein geistlich Lied uns schaffen?

GAST
Ist nie und nimmer kein Pfaffenlied
Der Türmer singts wenn die Sonn aufzieht.

DAS EINE FRÄULEIN
Ich weiß ein anderes singen wir das.

DAS ANDERE FRÄULEIN
Ei was?

DER EINE GAST *indem er sie küßt*
Ei was, wenns regnet ist's naß.

DAS EINE FRÄULEIN
»Floret silva undique«
»Um meinen Gesellen ist mir weh.«

DER EINE GAST *spottet ihr nach*
»Floret silva undique«
»Um ihren Gesellen ist ihr weh«.

DAS GLEICHE FRÄULEIN *flattert auf*
»Er ist geritten von hinnen«
»O weh, wer soll mich minnen!«
Einige wollen sie dämpfen, sehen alle auf Jedermann.

EIN ANDERER GAST *fällt ein*
»Steht auch der Wald voll grünen Schoß«
»Wohin doch ist mein Trautgenoß«.

JEDERMANN *hat indes den Becher Glühwein ausgetrunken und sieht mit fröhlicher Miene umher*
Seid fröhlich, Vettern und liebe Gäst,
Mir ist nit just recht wohl gewest
Ein Trunk hat mich gemacht gesund
Nun grüß ich erst meine Tafelrund.
War mir als läg was auf der Brust,
Nun hab ich doppelt Lebenslust
Bin froh daß wir beisammen sein
Ist mir ein rechter Freudenwein.
Schwillt mir das Herz so übervoll
Weiß gar nit wie ichs sagen soll
Greift in seiner Liebsten Haar.
Sind köstlich Ding doch auf der Welt
Ist herrlich gar um uns bestellt.

Ja Lieb und Freundschaft, die zwei sind viel wert
Wer die hat, des Herz nit mehr begehrt.
Kommt Wein dazu und Saitenspiel
So ist's schon über Maßen viel.
Ich hab euch recht lieb, ihr lieben Gäst
Ich bitt euch nützt die Stund aufs Best.
Laßt eure Kehl nit untätig sein
Ein Lied geh aus, wo eingeht der Wein.
Verschränket eure Stimmen aufs Best
Und haltet sänftlich die Liebste fest.
Genützt sei eine schöne Stund
Mit Hand und Aug und Herz und Mund!
Ja laßt Euch nit lang gebeten sein
Und singt uns eins, lieber Vetter mein.

DER DICKE VETTER
Mein dünner Vetter, o weh o weh
Nun kommt sein Lied vom kalten Schnee.
Sie singen lachend.

DER DÜNNE VETTER *singt*
O weh o weh Frau Minne mir ist weh
Frau Minne!
Greift her wie sehr ich brinne.
Gekreisch.
O weh!
Ein kalter kalter Schnee
Er müßt vor Glut zerrinnen
Darin das Herz erstickt!
Wollt helfen mir Frau Minnen,
Des wär ich hoch beglückt.
Alle singen mit. Man hört darein ein dumpfes Glockenläuten.

JEDERMANN *stößt sein Glas von sich*
Was ist das für ein Glockenläuten!
Mich dünkt es kann nichts guts bedeuten
Der Schall ist laut und todesbang
Schafft mir im Herzen Qual und Drang.
Steht auf.
Was läuten Glocken zu dieser Zeit?

EIN GAST
Ist nichts zu hören weit und breit.

EIN ANDERER
Hat einer läuten hören Glocken?

EIN FRÄULEIN
Was Glocken, was wird von Glocken geredt?

EIN ANDERER
Wär eins zu früh zur Morgenmett!

BUHLSCHAFT
Ich bitt euch laßt das Singen nit stocken.

EIN GAST
Hat einer von euch was läuten hören?

EIN ANDERER *lachend*
Nit läuten meiner Seel noch schlagen.

BUHLSCHAFT
Laßt euch im Singen doch nit stören.

JEDERMANN

Ich bitt euch hat alls nichts zu sagen
Jetzt hör ichs nimmer ist alls schon gut.

DICKER VETTER

Kommt alls von einem trägen Blut.
Ich laß Euch wärmen ein Becherlein.

JEDERMANN

Viel Dank, guter Vetter, laßt nur sein.
Er setzt sich wieder. Buhlschaft schmiegt sich an ihn.
Die am untern Ende des Tisches singen
»Floret silva undique«
und so fort als Kanon.

Indes sie singen kommt Jedermanns guter Gesell und nimmt den leeren Platz am Tische ein. Indem der Gesang leiser wird, hört man viele Stimmen rufen.

STIMMEN

Jedermann! Jedermann! Jedermann!

JEDERMANN *springt angstvoll auf*

Mein Gott wer ruft da so nach mir?
Von wo werd ich gerufen so?
Des werd ich im Leben nimmer froh.

GESELL

Ei, Jedermann, ich bin zur Stell.

BUHLSCHAFT

Sieh, Jedermann, doch, dein lieber Gesell.

JEDERMANN
Ihr liebe Freundschaft, sagt mir an
Wer ruft so gräßlich »Jedermann«?

DÜNNER VETTER
Hat müssen grad ins Ohr dir dringen
Ein Widerhall von ihrem Singen.

JEDERMANN
Nein, nein! in fürchterlicher Weis
Und laut und mächtiglich, nit leis
So: Jedermann! und Jedermann!
Doch anderster als ich's schaffen kann.
Gar fremd und doch bekannt zugleich
Aus welchem höllischen Bereich
Hats müssen also nach mir schrein
Des kann ich mich nimmer getrösten, nein!
Jetzt, jetzt! aufs neu, so hört doch an
Wie streng sie rufen »Jedermann«!
Man hört das gleiche Rufen wie vordem.

BUHLSCHAFT
Ich hör keinen Laut.

DER DICKE VETTER Ich hör keinen Schall.

DER DÜNNE VETTER
Auch nit einen leisen Widerhall.

GESELL *tritt zu Jedermann*
Ist Ohrentrug, siehst nit wohl aus,
Soll ich geleiten dich nach Haus?

JEDERMANN
Wie ich auf euch die Augen heft
So kommen mir zurück die Kräft
Ich mein, es könnt ein solches Schrein
Kein zweitesmal sich hier anheben.
Tut mir recht wohl der Lichterschein.
Sitz nieder mein Gesell hierneben
Und mögen alle lieben Gäst
Zulangen und sich ergetzen aufs Best.
Will morgen zu gelegner Zeit
Mit einem Arzten Beratung pflegen
Daß solche Zufäll aller wegen
Er wohlbedacht mir hält hintan.

BUHLSCHAFT
Mußt mirs versprechen, lieber Mann!
Müßt ja vor Angst und Sorg vergehn
Sollt ich dich öftern also sehn.
Sie essen alle weiter und sind zärtlich miteinander.

JEDERMANN *hebt sich angstvoll*
Nun aber sag um Gott, mein Lieb,
Was brennen die Lichter also trüb?
Und wer kommt hinter mir heran?
Auf Erden schreitet so kein Mann.
Der Tod steht da in einiger Entfernung. Alle Gäste auf.

TOD
Ei Jedermann! ist so fröhlich dein Mut?
Hast deinen Schöpfer ganz vergessen?

JEDERMANN

Was fragst um das zu dieser Stund?
Bekümmerts dich? wer bist? was solls?

TOD

Von deines Schöpfers Majestät
Bin ich nach dir ausgesandt
Und das in Eil: drum steh ich da.

BUHLSCHAFT *ist von Jedermann weggeglitten.*

JEDERMANN

Wie, ausgesandt nach mir?
Greift nach seinem Herzen. Alle stehen ohne Atem.
Dem möchte wohl so sein. Ei ja.

TOD

Denn ob du ihm gibst wenig Ehr
In der himmlischen Sphär
Denkt er dein,
In welcher Weis, das soll dir gleich gemeldet sein.

JEDERMANN *die Augen gesenkt tritt hinter sich*
Was will mein Gott von mir?

TOD

Das will ich dich weisen.
Abrechnung will er halten mit dir. Unverweilt!

JEDERMANN *mit einem jähen Trotz*
Ganz und gar bin ich unbereit
Für solch ein Rechnung legen.

Müßt ich das tun, da käm ich in Not
Auch kenn ich dich nit, was bist du für ein Bot?
Lautloses Flüchten: Die Spielleut.
BUHLSCHAFT *ihre Kleider hebend.*

TOD
Ich bin der Tod, ich scheu keinen Mann
Tret jeglichen an und verschone keinen.
Es flüchten viele.

JEDERMANN
Bist du derselbig, hör mich an.
Ich bin ein mächtig reicher Mann.
Die Sach soll aufgeschoben sein.
Nur dies tu! Willst's nit? Tust's nit?

TOD   Nein.
Mein Brauch ist gradaus umgekehrt.
Wird dir kein Aufschub nit gewährt.
Du kommst mit mir und zögerst nit.

JEDERMANN
Was? keine Frist willst du mir geben
Und überfällst eins ungewarnt
Gar mitten drin im besten Leben
Gotts Blut! das ist kein ehrlich Spiel
Damit erwirbst dir Ruhm nit viel
Denn daß ichs nur sag, bin nit bereit,
Mein Schuldbuch auch ist nit so weit
Hätt ich für mich so zehn, zwölf Jahre Zeit,
Ich wollt es in der Ordnung han
Daß keine Furcht mich gienget an

Das wollt ich so steh Gott mir bei.
Drum aus Gotts Gnaden laß mich hier
Daß ich das Ding in Ordnung führ.

TOD
Hie hilft kein Weinen und kein Beten
Die Reis mußt alsbald antreten.

JEDERMANN
O Gott der Gnaden auf himmlischem Thron
Erbarm dich meiner schweren Not!
Wird mir zum Gefährten für diesen Weg
Kein anderer als du bestellt?
Soll ich aus dieser Erdenwelt
Hinaus und kein Geleite haben?
Und war doch hier niemals allein,
Mußt allerwegen gesellig sein.

TOD *sieht sich um*
Nun ist Geselligkeit am End
Ring nit vergebner Weis die Händ
Schleun dich, jetzt gehts vor Gottes Thron
Dort empfängest deinen Lohn.
Tut einen Schritt auf ihn zu. Stärkeres Flüchten.
Wie, hat dich Narren wollen bedünken
Das Erdengut und dies dein Leben
Wäre dir alles zu Eigen gegeben?

JEDERMANN
So war ich vermeinend, wahrhaftig und ja.

TOD
Nichts da, war alls dir nur geliehen.
Bist du dahin erbts einen andern
Und über eine Weil schlägt dem sein Stund
Und er muß alles hier lassen und wandern.
Ich komm halt schnell.

JEDERMANN Nur einen Tag!
Nur diese Nacht bis Sonnaufgehn
Daß ich mit Reu mög in mich gehn
Und hören auf des Priesters Lehr
Und bessern mich nach deinem Begehr.

TOD
Dergleichen wird von mir nit erbeten,
Wo ich einen Mann tu antreten
Den schlag ich auf sein Herz mit Macht
Wird vorher kein Anzeig beigebracht.

JEDERMANN
O weh! Nun ist wohl Weinens Zeit!
Nun steh ich da hab kein Geleit.

TOD
Mit Weinen wird nur Zeit vertan.

JEDERMANN
Weh über mich was heb ich an!
Hätt ich ein ledig Stündlein Zeit
Mir zu gewinnen ein Geleit.
Daß ich nicht mutterkindallein
Vor meinem Richter müßte sein.

TOD

Meinst du, daß solches dir gewinnst?
Ich sag sie weigern dir den Dienst.

JEDERMANN

Nur nit allein vor das Gericht!
Nur Redens und Ratens ein Stündlein Zeit
Um Christi Gotts Barmherzigkeit!

TOD

Meinshalb, ich tret dir aus dem Gesicht,
Nur merk vertu nit diese Frist
Und nütz sie klüglich als ein Christ.
Geht hinauf, wird unsichtbar.

JEDERMANN *tritt zu seinem Gesellen*

Mein guter Gesell, du weißts –

GESELL Ich weiß.

War nit fünf Schritt weit, Jedermann
Wie dich der Tod hat treten an!
Die andern treten weg. Noch mehrere gehn.
Und hab euch reden hören alls
Schlägt mir das Herz bis an den Hals!
Ein froher Mann und kerngesund
Das warst du bis zu dieser Stund
Nun kommt mich schier das Weinen an
Wenn ich dich anschau, Jedermann.

JEDERMANN

Hab vielen Dank, mein guter Gesell.

GESELL

Was dir noch Not tut, sag du schnell.

JEDERMANN

Du bist mir wahrhaft ein guter Freund
Dich hab ich allzeit treu befunden.

GESELL

Und sollst mich finden zu allen Stunden.
Denn glaub du mir, ging deine Reis
Geradewegs hinab zur Höll
Hie fändest du den Gefährten zur Stell.

JEDERMANN

Gott steht mir bei du lieber Mann
Daß ichs um dich verdienen kann.

GESELL

Ist von Verdienen nit die Sprach,
Wär mir die allergrößte Schmach
Wollt ichs mit dem Mund mich unterwinden
Und sollt man in Taten mich lässig finden.

JEDERMANN

Mein Freund!

GESELL Sprich frei, tu auf den Mund
Muß alls mir werden offenbart
Ich steh bei dir bis zur letzten Stund
Recht nach guter Gesellen Art.

JEDERMANN *will den Mund auftun.*

GESELL

Dein Jammer geht mir mächtig nah
Soll alles was aufs Herz dir druckt
Von diesem ganzen Erdenwesen
Von mir getreulich sein verwesen.
Sag, ist dir von etlichen Leids getan?
Sie sollen ihre Strafen han,
Von meiner Hand mit scharfem Eisen
Und müßt ich darüber ins Gras beißen!

JEDERMANN

Ist nit um dies mir, bei Gotts Blut!

GESELL

Es geht dir um dein Geld und Gut
Das schafft dir große Sorgenlast,
Daß keine Leibeserben hast.

JEDERMANN

Nein, Lieber, nein!

GESELL

Braucht nit viel Wort
Bei mir ist dein Vertraun am Ort
Der Kaufbrief da ist wohl verwahrt
Dir ist um deine Freundin zart
Daß deines Reichtums auf sie komm
Soviel als ihr auf immer fromm.

JEDERMANN

Nein, Lieber Guter hör mich an.

GESELL
Spar dir die Reden Jedermann
Bist ohne viel von mir verstanden.

JEDERMANN
Ach! ganz was anders schafft mir Qual
Viel näheres, mein guter Gesell!

GESELL
Heraus damit, laß hören schnell
Merk Freundes Mund tröst allemal.

JEDERMANN
Ja du mein Freund!

GESELL Willst mich nit weisen?
Könnt sein dir blieb sonst nit die Zeit.

JEDERMANN
O weh, das wär mir bitter leid.

GESELL
Sag deine Sach! Frisch Jedermann.
Wo bliebe unsre Freundschaft dann?

JEDERMANN
Wenn ich dir tät mein Herz aufschließen
Und du, du kehrtest den Rücken mir
Und ließest dich meine Red verdrießen
Des hätte ich wohl zehnfach Gram und Weh!

GESELL

Herr, wie ich zu Euch gesprochen eh
So will ich tun.

JEDERMANN So dank dir Gott.
Mir ist befohlen mich fortzuheben
Der Weg ist weit und voll Beschwer
Und was dann kommt, noch weit mehr,
Denn ich soll eine Rechnung geben
Von meinem Reichtum und all meinem Leben
Vor meinem Schöpfer und höchsten Richter!
hastig
Drum also komm mit mein guter Gesell
zieht ihn am Mantel
Wie dus versprochen hast zur Stell.

GESELL

Ei ja, das ist schon eine Sach
Versprechen und brechen, das wär mir Schmach
Daran nur denken macht mir heiß.

JEDERMANN

O du!

GESELL

Doch sollt ich antreten die Reis
Da heißt es sich beraten und gut.

JEDERMANN

Was? sprachest doch auf jeglicher Straßen
Wolltest nicht lebend noch tot mich verlassen,
Und wär es geraden Wegs zur Höll.

GESELL
Richtig, so war meine Red, Hand aufs Herz!
Aber die Wahrheit zu vermelden
Ist jetzo nicht Zeit für dergleichen Scherz.
Ist fast bereits ernsthaft die Sachlag.
Und dann, wenn wir die Reis wollten antreten
Wann kämen wir wiederum hierher?
Ei, gib doch Antwort.

JEDERMANN Nimmermehr.
Nimmermehr bis an den Jüngsten Tag.

GESELL
Dann bei Gotts Tod bleib ich hintan
Wenn in dem Sinn die Meldung beschah,
Dann stehts, daß ich die Reis nit tu.

JEDERMANN
Nit tust?

GESELL Nein, alsdann bleib ich am Ort.
Ich sag dir, wie mir ist zu Sinn
Du weißt, daß ich freimütig bin.
Itzt stehts, daß ich die Reis nit tu
Um keiner lebenden Seel fürwahr
Auch nit um meines Herrn Vaters Lieb
Gott schenk ihm ansonsten die ewige Ruh.

JEDERMANN
Um Gott! Hast mir was anders versprochen!

GESELL

Weiß wohl. Und ist recht in Treuen beschehn
Und so du wolltest was anders begehn
Mit Frauen was Gutes in Kumpanei
Oder was es sonsten sei
Solltest an deiner Seiten mich sehn
So lange Gott läßt einen hellen Tag sein
Und auch des Nachts bei Fackelschein.
Das sag ich in Treuen!
Schickt sich an zu gehen.

JEDERMANN

O deiner bedarf ich jetzt gar sehr
Jetzt heißt es: Gesell gedenke mein.
Hält ihn.

GESELL

Ob wir Genossen waren, ob nit
Hinfort tu ich mit dir keinen Schritt.

JEDERMANN

So bitt ich dich, nimm soviel auf dich
Um Christi Gotts Barmherzigkeit
Und gib mir tröstliches Geleit
Bis vor die Stadt.

GESELL *reißt sich los*

Ich tu dirs nit,
Setz einen Fuß nit vor den andern
Nit um ein neues Feierkleid
Ließest du dir ein wenig Zeit,
So wollt ich dich nit allein lassen stehn

Nun aber kann ich nit harren bei dir.
Über die Schulter zurück.
So geb dir Gott eine schleunige Fahrt
Dahin recht sänftlich in guter Art
Muß eilends jetzt meines Weges gehn.

JEDERMANN *einen Schritt ihm nach*
Wohin Gesell? Willst mich verlassen ganz und gar?

GESELL
Wohl, wohl. Gott nehm deiner Seelen wahr.

JEDERMANN
Leb wohl, mein Freund, um dich wird mir mein Herz arg schwer,
Leb immer wohl, dich seh ich nun auch nimmermehr.

GESELL
Leb wohl auch Jedermann, leb wohl am End, gib mir die Hand,
Ja, Scheiden tut recht weh, das hab ich jetzt erkannt.
Er geht.

JEDERMANN
O weh, wohin soll ich nun um Hilf in der Welt.
War mein Gesell, solang ich fröhlich war
Nun trägt er wenig Leid um mich ganz unverstellt.
Streicht sich die Stirn.
Hab eh und immer was reden hören
Das ging mir aber gar nit nah
Bis heute, da mir das geschah.
Es hieß: So lang einer im Glück ist
Der hat Freunde die Menge,

Doch wenn ihm das Glück den Rücken kehrt,
Dann verläuft sich das Gedränge.
Flüchten.
O weh, so siehet das nun aus
Schnürt mir die Kehl vor Angst und Graus.
Er wird die Vettern gewahr, die noch beiseite stehen, und sein Gesicht hellt sich auf.
Da stehen meine Blutsfreunde ja,
Vielliebe Vettern bleibt mir nah.
Leichtes Zurückgehen.
Ihr seid wahrhaftig recht am Ort,
Weiß auf der Welt kein schöner Wort
Als dieses: Art läßt nicht von Art,
Das wird von euch heut recht gewahrt,
Da ihr in dieser schweren Stund
Mein Beiständ seid mit Hand und Mund.
Heftig ihn anfassend.

DICKER VETTER
Geruhig Blut, mein Vetter Jedermann,
Nur ruhig Blut, das ist alls, was ich sagen kann.

JEDERMANN
Ihr lasset mich auch nit –

DICKER VETTER Nur ruhig Blut
Ist gar von Lassen nit die Sprach,
In Stich Euch lassen, das wär uns Schmach.
Etwas abseits.

DÜNNER VETTER
Euch widerfahr so Liebes wie Leides,
Mit Euch zu teilen begehren wir beides.

DICKER VETTER

Ja, wie gesagt – – ei freilich ja!
Ihr seht wir stehn Euch treulich nah.

JEDERMANN

O vielen Dank, ihr Blutsfreunde mein.

DICKER VETTER

Da wir doch Anverwandte sein!

JEDERMANN

Ihr habt gesehn, es kam ein Bot,
Der kam auf hohen Königs Gebot.

DICKER VETTER

Ja, – – ich weiß, Vetter Jedermann – –
Die Sach ist eben so bewandt,
Daß ich in der nichts machen kann.

JEDERMANN

Er hieß einer Fahrt mich unterwinden.

DICKER VETTER

Ja, wie gesagt –

JEDERMANN Von dieser Fahrt – –

DICKER VETTER

Nun, wie gesprochen, Art läßt nicht von Art!

JEDERMANN

Von dieser Fahrt, das weiß ich wohl,
Werd ich nimmer zurücke finden.

DICKER VETTER
Ei nimmer! Ja, wo halt nichts ist,
Da hat der Kaiser 's Recht verloren!

JEDERMANN
Mein Vetter, hörtet Ihr, was ich sprach?

DICKER VETTER
Ihr redet nit zu tauben Ohren.

DÜNNER VETTER
Ei, nein, wahrhaftig nit, Gotts Not.

JEDERMANN
Ich werd da nimmer zurücke finden.

DICKER VETTER
Habt Ihr auch richtig verstanden den Bot?

JEDERMANN
Ich ihn?

DICKER VETTER
Die Red und den Verstand
Habt Ihr das richtig wohl gefaßt?

JEDERMANN
Ob ich? –

DICKER VETTER
Das war schon, daß ich sag –
Ein recht ein ungebetner Gast.
Hm, Vetter.

DÜNNER VETTER

Ja, ich mein, Gott seis geklagt –

DICKER VETTER

So meint Ihr auch wie ich? Ja, wie gesagt
entschlossen
Ja Gott befohlen, Vetter Jedermann,
Da habt Ihr alles, was ich sagen kann.
Wendet sich zu gehn.

JEDERMANN

Ihr Vettern, bleibet, hört mich an!

DÜNNER VETTER

Hast du vielleicht noch ein Begehr?
Sprich kühnlich, Vetter Jedermann.

JEDERMANN *angstvoll*

Ich muß dort eine Rechnung legen
Und hab einen Feind, der allerwegen
Mir will in meinen Weg treten
O hört mich an! mit großer Stärken.

DICKER VETTER

Was denn für Rechnung, sagt doch an.

JEDERMANN

Von all meinen irdischen Werken:
Wie ich meine Tage hab hingebracht
Und was ich Arges hab getan
Die Jahr all bei Tag und Nacht
Drum seid um Christi willen gebeten
Und helft mir meine Sach vertreten.

DÜNNER VETTER

Was, dorthin? Geht es Euch auf das!
Nein, Jedermann, da geh ich nit
Kannst mich nit zum Geleiter kriegen!
Wollt lieber in einm finstern Gelaß
Bei Wasser und Brot zehn Jahre liegen.

JEDERMANN

Oh, daß ich nit geboren wär
Nun werd ich fröhlich nimmermehr,
Wenn ihr mich da verlasset dann.

DICKER VETTER

Ei Mann! Was denn! Sei du fröhlich Mann!
Nimm dich und fang nit Jammerns an!
Nur eins mußt dir gesagt sein lassen
Mich bringst einmal nit in die Gassen.
Er geht.

JEDERMANN *zum dünnen Vetter*

Mein Vetter willst nit mit mir gehen?

DÜNNER VETTER

Hab jetzt, Gotts Tod, Krampf in den Zehen
Ist ein arg Übel, Jedermann
Das fällt mich unversehens an.

DICKER VETTER *bleibt nochmal stehen und spricht über die Schulter zurück*

Uns wirst nit verführen, das laß nur sein
Doch hab ich ein schön bös Weib daheim
Die mächtig gern auf Reisen geht

Die geb ich dir in guter Art,
Wenn die dir zu Gesichte steht,
Leicht, daß sie mit dir geht auf deine Fahrt.
Geht.

JEDERMANN
Nein, zeig mir an, weß Sinns du bist
Ob ich in meiner ärgsten Pein
Von dir soll dran gegeben sein,
Ob du willst mit mir gehn oder dahinten bleiben.
Das ist alles, was ich wissen muß.

DICKER VETTER
Dahinten bleiben und ein'n schönen Gruß
Auf Wiedersehn ein andermal.
Sie gehen.

JEDERMANN
Ach Jesus, ist das aller Dinge End,
Versprochen haben sie mir gar viel,
Vom Halten lassen sie ihre Händ.

DÜNNER VETTER *wendet sich und tritt nochmals an Jedermann heran*
Es ist nit üblich in solcher Weis
Die Leut zu beschicken zu einer Reis
Dergleichen Anmutung ist nit zart
Und hat mir keine rechte Art.
Hast deiner leibeignen Knecht genug
Die magst dazu aufbieten mit Fug.
Aber die lieben Verwandten dein
Sollten da zu wert dir sein.
Geht.

JEDERMANN
Leibeigne Knecht, was sollen mir die,
Wenn ich die mitnähm, das wär ein Ding,
Davon ich Hilfe hätt gering.
Er sieht sich um.
Ist alls zu End das Freudenmahl
Und alle fort aus meinem Saal?
Er geht hinauf zu dem Tisch. Etliche, die dort noch saßen und tranken, werden ihn gewahr, springen auf und flüchten. Der Tisch versinkt.
Bleibt mir keine andere Hilfe dann,
Bin ich denn ein verlorner Mann?
Und ganz alleinig auf der Welt,
Ist es schon so um mich bestellt,
Hat mich Der schon dazu gemacht,
Ganz nackend und ohn alle Macht,
Als läg ich schon in meinem Grab,
Wo ich doch mein warm Blut noch hab
Und Knecht mir noch gehorsam sein
Und Häuser viel und Schätze mein,
Auf! schlagt die Feuerglocken drein!
Ihr Knecht nit lungert in dem Haus
Kommt allesamt zu mir heraus.
Hausvogt mit etlichen Knechten kommen eilig.

JEDERMANN
Ich muß schnell eine Reise tun
Und das zu Fuß und nit zu Wagen,
Gesamte Knecht, die sollen mit
Und meine große Geldtruhen,
Die sollen sie herbeitragen.
Die Reis wird wie ein Kriegszug scharf
Daß ich der Schätze sehr bedarf.

HAUSVOGT
Die schwere Truhn, die drinnen steht?

JEDERMANN
Ja, eilig, ohne viel Gered.
Mehrere Knechte sammeln sich, ihrer acht bringen die schwere Truhe getragen.
Hab euch berufen für eine Reis,
Daß jeder mir Gehorsam erweis.
Die Reis ist seltsam und recht weit
Und fordert zuverlässige Leut,
Daß sie in aller Still gescheh
Des ich zu euch mich wohl verseh.

KNECHT
Die Truhen, die ist marterschwer.

HAUSVOGT
Ihr tut, was anbefiehlt der Herr.
Zug setzt sich in Bewegung.

JEDERMANN
Nun, wollen wir die Reis angehen,
Ganz in der Still, heimlicher Weis.

TOD *tritt in etlicher Entfernung hervor.*

ERSTER KNECHT
Dort steht ein Teufel und winkt uns Halt.

HAUSVOGT
Nein, ist der Tod grausamer Gstalt,

Er kommt auf uns zu mit Gewalt.
Knechte lassen die Truhen stehen und fliehen, Hausvogt desgleichen.

TOD
Du Narr, bald ist die Stund vertan
Nimmst immer noch Vernunft nit an.
Weißt nit ein recht Geleit zu suchen,
Bald wirst verzweifeln und dir fluchen.
Verschwindet.

JEDERMANN
Ach Gott, wie graust mir vor dem Tod,
Der Angstschweiß bricht mir aus vor Not
Kann der die Seel im Leib uns morden
Was ist denn jählings aus mir worden?
Hab immer doch in bösen Stunden
Mir irgendeinen Trost ausfunden.
War nie verlassen ganz und gar,
Nie kein erbärmlich armer Narr.
War immer wo doch noch ein Halt
Und habs gewendet mit Gewalt.
Sind all denn meine Kräft dahin,
Und alls verworren schon mein Sinn,
Daß mich kaum mehr besinnen kann,
Wer bin ich denn: der Jedermann,
Der reiche Jedermann allzeit.
Das ist mein Hand, das ist mein Kleid
Und was da steht auf diesem Platz,
Das ist mein Geld, das ist mein Schatz,
Durch den ich jederzeit mit Macht
Hab alles spielend vor mich bracht.

Nun wird mir wohl, daß ich den seh
Recht bei der Hand in meiner Näh.
Wenn ich bei dem verharren kann
Geht mich kein Graus und Ängsten an.
Weh aber, ich muß ja dorthin,
Das kommt mir jählings in den Sinn.
Der Bot war da, die Ladung ist beschehn
Nun heißt es auf und dorthin gehn.
Wirft sich auf die Truhe.
Nit ohne dich, du mußt mit mir,
Laß dich um alls nit hinter mir.
Du mußt jetzt in ein andres Haus
Drum auf mit dir und schnell heraus.
Die Truhe springt auf, Mammon richtet sich auf. Groß.

MAMMON
Ei Jedermann, was ist mit dir?
Du bist ja grausamlich in Eil
Und bleich wie Kreiden all die Weil.

JEDERMANN
Wer bist denn du?

MAMMON Kennst vom Gesicht mich nit
Und willst mich dorthin zerren mit?
Dein Reichtum bin ich halt, dein Geld,
Dein eins und alles auf der Welt.
Mammons Hand bedeckt mit Ringen; lange Krallen.

JEDERMANN *sieht ihn an*
Dein Antlitz dünkt mir nit so gut
Gibt mir nit rechten Freudenmut
Das ist gleichviel, du mußt mitgehen.

MAMMON
Was solls, kann alls von hier geschehen,
Weißt wohl, was ich in Mächten hab,
Sag was dich drückt, dem helf ich ab.

JEDERMANN
Die Sach ist anderster bewandt
Es ist von wo um mich gesandt.

MAMMON *ein langer Blick*
Von –

JEDERMANN *schlägt die Augen nieder*
Ja, es war ein Bot bei mir.

MAMMON
Ist es an dem, du mußt von hier?!
Ei was, na ja, gehab dich wohl
Ein Bot war da, daß er ihn hol
Dorthin, das ist ja schleunig kommen
Hab vordem nichts derart vernommen.

JEDERMANN
Und du gehst mit, es ist an dem.

MAMMON
Nit einen Schritt, bin hier bequem.

JEDERMANN
Bist mein, mein Eigentum, mein Sach.

MAMMON
Dein Eigen, ha, daß ich nit lach.

JEDERMANN
Willst aufrebellen, du Verflucht! du Ding!
Will ihn nehmen.

MAMMON *stößt ihn weg*
Du, trau mir nit, dein Wut acht ich gering,
Wird umkehrt wohl beschaffen sein.
Ich steh gar groß, du zwergisch klein.
Du Kleiner wirst wohl sein der Knecht
Und dünkts dich, anders wärs gewesen,
Das war ein Trug und Narrenwesen.

JEDERMANN
Hab dich gehabt zu meim Befehl.

MAMMON
Und ich regiert in deiner Seel.

JEDERMANN
Warst mir zu Diensten in Haus und Gassen.

MAMMON
Ja, dich am Schnürl tanzen lassen.

JEDERMANN
Warst mein leibeigner Knecht und Sklav.

MAMMON
Nein, du mein Hampelmann recht brav.

JEDERMANN
Hab dich allein gedurft anrühren.

MAMMON
Und ich alleinig dich nasführen.
Du Laff, du ungebrannter Narr,
Erznarr du, Jedermann sieh zu
Ich bleib dahier und wo bleibst du?
Was ich in dich hab eingelegt
Darnach hast du dich halt geregt.
Das war ein Pracht und ein Ansehen
Ein Hoffart und ein Aufblähen
Und ein verflucht wollüstig Rasen,
War alls durch mich ihm eingeblasen,
Und was ihn itzt noch aufrecht hält
Daß er nit platt an' Boden fällt
Und alle Viere von sich reckt
Und hält ihn noch emporgestreckt
Das ist allein sein Geld und Gut
Da hier springt all dein Lebensmut.
Hebt eine Handvoll Geld aus der Truhe und läßt es wieder fallen.
Fällt aber in die Truhen zurück
Und damit ist zu End dein Glück.
Bald werden dir die Sinn vergehen
Und mich wirst nimmer wiedersehen.
War dir geliehen für irdische Täg
Und geh nit mit auf deinen Weg,
Geh nit, bleib hier, laß dich allein
Ganz bloß und nackt in Not und Pein.
JEDERMANN *leichenblaß.*
Ist alls um nichts dein Handausrecken
Und hilft kein Knirschen und Zähneblecken,
Fährst in die Gruben nackt und bloß,
So wie du kamst aus Mutter Schoß.
Bückt sich, die Truhe springt zu.

JEDERMANN *ohne Sprache, eine lange Stille.*

WERKE *wird sichtbar, einer Kranken gleich, auf einem elenden Lager gebettet, richtet sich halb auf und ruft mit schwacher Stimme*
Jedermann!

JEDERMANN *hört nicht.*

WERKE Jedermann, hörst mich nit?

JEDERMANN *vor sich*
Ist als wenn eins gerufen hätt,
Die Stimme war schwach und doch recht klar,
Hilf Gott, daß es nit meine Mutter war.
Ist gar ein alt, gebrechlich Weib,
Möcht, daß der Anblick erspart ihr bleib.
O nur so viel erbarm dich mein,
Laß das nit meine Mutter sein!

WERKE
Jedermann!

JEDERMANN
Seis wer da will, hab itzt nit Muß
Für irdisch Händel und Verdruß.

WERKE
Hörst mich nit, Jedermann?

JEDERMANN Ist ein krank Weib,
Was kümmerts mich, soll sehn wo sie bleib.

WERKE
Mein Jedermann, ich gehör zu dir,
Um deinetwillen lieg ich hier.

JEDERMANN
Wie soll denn das bewendet sein?

WERKE *richtet sich halb auf*
Sieh, ich bin all die Werke dein.

JEDERMANN
Ich will kein Spott, ich sterb allweg.

WERKE
Komm doch zu mir den kleinen Weg.
Sinkt zurück.

JEDERMANN
Das wird mit Willen nit geschehn,
Meine Werke will ich jetzt nit sehn.
Ist nit der Anblick, nach dem mich verlangt.
Sieht nach der andern Seite.

WERKE *ist zu Boden gesunken*
Bin schmählich schwach, muß liegen hier,
Wär ichs imstand, ich lief zu dir.

JEDERMANN
Brauch nit ein fremd Gebrest dahier,
Liegt Angst und Marter gnug auf mir.

WERKE *hebt sich ein geringes*
Mich brauchst, der Weg ist schreckbar weit,
Bist annoch ohne ein Geleit.

JEDERMANN
Des Weges muß ich itzt allein –

WERKE *versucht sich aufzuraffen*
Nein, ich will mit, denn ich bin dein.

JEDERMANN *sieht hin.*

WERKE
Auf mir liegt viel Gebrest und Last
Indem du mein gedacht nit hast.
Ohn dich könnt ich mich flink bewegen
Lief dir zu Seit auf allen Wegen.

JEDERMANN *geht zu ihr*
O Werke mein, mit mir stehts schlecht.
Ist mir gar sehr um guten Rat
Und daß mir eines Hilfe brächt!

WERKE *richtet sich mühselig an ihren Krücken auf*
Jedermann, ich hab wohl vernommen
Du bist entboten zu deinem Erlöser,
Vor ein höchst Gericht zu kommen!
Willst du nit gehn verloren, Mann,
Tritt nit allein die Wandrung an,
Das sag ich dir!

JEDERMANN Willst du mit mir?

WERKE
Ob ich mit dir den Weg will gehn?
Fragst du mich das, mein Jedermann?

JEDERMANN *sieht ihr in die Augen*
Wie du mich sehnlich siehest an
Ist mir, als hätt in meinem Leben
Nit Freund, noch Liebste, nit Weib noch Mann
Mir keinen solchen Blick gegeben!

WERKE
O Jedermann, daß du so später Stund
Dich kehrest zu meinem Aug' und Mund!

JEDERMANN
Hast ein Gesicht verhärmt und bleich
Und dünkt mich doch an Schönheit reich.
Mir ist, je mehr ich dich anseh
So mehr wird mir im Herzen weh,
Und sänftlich auch, vermischter Weis,
Daß ich mich nit zu nehmen weiß.
Mir ist, könnt deiner Augen Schein
Durch meine Augen dringen ein,
Ein großes Heil und Segen dann
Geschäh an einem armen Mann.
Doch weiß ich, dies ist nun versäumt
Und jetzt ist alls nur wie geträumt!

WERKE
Hättest erkannt in deinem Sinn,
Daß ich nit völlig häßlich bin,
Wärest bei mir verblieben viel

Und fern der Welt und bösem Spiel!
Komm näher, meine Stimm ist leis –:
Bei Armen wärest eingegangen
Recht als ihr Bruder, heiliger Weis,
Und göttlich Leid und irdischen Schmerz
Die hättest zu lieben angefangen
Und aufgegangen wäre dein Herz.
Und ich, wie ich gebrechlich bin,
Ich wär, verklärt vor deinem Sinn,
Dir worden ein göttliches Gefäß,
Ein Kelch der überströmenden Gnaden
Dazu deine Lippen waren geladen.

JEDERMANN

Und dich hab ich mögen erkennen nicht!
War so verblendet mein Gesicht!
O weh, was sind wir für Wesen dann
Wenn solches uns geschehen kann!

WERKE

Ich war ein Kelch der vor dir stand,
Gefüllt vom Himmel bis an den Rand,
Von Irdischem war darin kein Ding,
Drum schien ich deinen Augen gering.

JEDERMANN

O könnt ich sie ausreißen beid
Mir wär im Dunklen nit so bang
Als da sie mich zu bittrem Leid
Falsch han geführt mein Leben lang!

WERKE

O weh, nun müssen die Lippen dein
Auf ewig ungetränket sein!

Hast wolln dich tränken an der Welt,
Da ward der Kelch dir weggestellt!

JEDERMANN *stärker*
Des fühl ich ein wütendes Dürsten schon
Durch alle meine Adern rinnen
Und Raserei in allen Sinnen!
Da hab ich meines Lebens Lohn!

WERKE
Das ist die bitter brennend Reu
Das sind deine ungelittenen Leiden!
O könnten dein Herz sie schaffen neu,
Wie selig wäre das uns Beiden!

JEDERMANN *wirft sich auf den Boden*
So wollt ich ganz zernichtet sein,
Wie an dem ganzen Wesen mein
Nit eine Fiber jetzt nit schreit
Vor tiefer Reu und wildem Leid!
Zurück! und kann nit! Noch einmal!
Und kommt nit wieder! Graus und Qual!
Ach! Ob der Sturm vor Angst verbebt:
Hie wird kein zweites Mal gelebt!
Nun weiß die aufgerissne Brust,
Als sie es nie zuvor gewußt,
Was dieses Wort bedeuten mag:
Lieg hin und stirb, hie ist dein Tag!

WERKE *auf ihren Knien*
Mag diese Reu, so brennend groß,
Mich nit vom Boden winden los,

Weh, mag ich nit auf Füßen stehn
Und ihm die Stund zur Seiten gehn!
Sie sinkt an den Boden.
Bin ich so elend schwach und krank!

JEDERMANN
Für jedes Ding kommt halt der Dank!
Wendet sich wieder.
Werke, um alls! laß mich nit im Stich!
Bin sonst verloren sicherlich!
Hilf du mir, Rechenschaft zu geben
Vor dem, der ist Herr über Tod und Leben
Und König in der Ewigkeit,
Sonst bin ich verloren für alle Zeit!

WERKE
O Jedermann!

JEDERMANN Laß mich nit ohne Rat!

WERKE
Ich habe eine Schwester, Glaube genannt,
Wenn die wollt sich erbitten lassen,
Daß sie mit dir zög deine Straßen
Und trät mit dir vor Gottes Gericht!

JEDERMANN
Ruf die um alls! die Zeit entfliecht!

WERKE
Mag sein, sie kehrt von dir sich ab,
Dann mußt du ungetröst ins Grab.

Wirst du recht mit ihr reden können
Wird sie dir ihre Hilf vergönnen.

JEDERMANN
Wenn einer keine Zungen hätt,
Die Angst und Not macht ihn beredt!

GLAUBE *kommt gegangen.*

WERKE
War nit von Nöten laut Geschrei,
Ich fühl, die Schwester kommt herbei!
Lieb Schwester, der Mann ist schwer in Not.
Willst ihm beistehn bei seinem Tod?
Mir fehlt die Kraft, bin allzuschwach,
Kann nit vertreten seine Sach.
Sinkt hin.

GLAUBE *zu Jedermann*
Hast mich dein Leben lang verlacht
Und Gottes Wort für nichts geacht,
Geht nun in deiner Todesstund
Ein ander Red' aus deinem Mund?

JEDERMANN
Ich glaub – ich glaub –

GLAUBE *streng* Die Red' ist arm!

JEDERMANN
O, daß sich meiner Gott erbarm!
Ich glaub die zwölf Artikel mit Fleiß

Die ich von Kindschulzeiten weiß:
Was sie vorstellen ganz und gar,
Nehm ich für heilig hin und wahr.

GLAUBE
Das ist des Glaubens ein ärmlich Teil.
Baut dir hinüber keine Brück.
Weißt du nit bessers unverweil?

JEDERMANN
Ich glaub – an Gottes Langmut
Wenn einer bei Zeiten Buß tut.
Aber ich bin in Sünden zu weit
Dahin reicht keine Barmherzigkeit.
Stiert vor sich.

GLAUBE *tut einen Schritt auf ihn zu*
Bist ganz in Wollust denn ertrunken
In Lastern völlig gar versunken,
Daß dir nit auf die Lippen kommt
Was ewig deiner Seelen frommt?
Neigt sich zu ihm.

JEDERMANN
Ich glaub –

GLAUBE Glaubst du an Jesu Christ
Der von dem Vater kommen ist,
Ein Mensch und unsersgleichen worden
Von einem irdischen Weibe geboren,
Und hat in Marterqual sein Leben
Um deinetwillen hingegeben

Und ist erstanden von dem Tod,
Daß du versöhnet seist mit Gott?

JEDERMANN
Ja! Ich glaub: Solches hat er vollbracht,
Des Vaters Zorn zunicht gemacht
Der Menschheit ewig Heil erworben
Und ist dafür am Kreuz verstorben.
Doch weiß ich, solches kommt zugut,
Nur dem der heilig ist und gut:
Durch gute Werk und Frommheit eben
Erkauft er sich ein ewig Leben.
Da sieh, so stehts um meine Werk:
Von Sünden hab ich einen Berg
So überschwer auf mich geladen,
Daß mich Gott gar nit kann begnaden,
Als er der Höchstgerechte ist.

GLAUBE
Bist du ein solcher Zweifelchrist
Und weißt nit Gotts Barmherzigkeit?

JEDERMANN
Gott straft erschrecklich!

GLAUBE Gott verzeiht!
Ohn Maßen!

JEDERMANN Schlug den Pharao,
Schlug Sodom und Gomorra, schlug,
Schlug!

GLAUBE

Nein, gab hin den eignen Sohn
In Erdenqual vom Strahlenthron,
Daß als ein Mensch er werd geboren
Und keiner ginge mehr verloren,
Nit einer, nit der letzte, nein,
Er finde denn das ewige Leben.
»Um der Sünder willen bin ich kommen,
Der Gsund bedarf keines Arztes dann«
Die Red ist aus dem Munde kommen,
Der keine Lügen reden kann.
Glaubst du daran in diesem Leben,
So ist dir deine Sünd vergeben
Und ist gestillet Gottes Zorn.

JEDERMANN

O, deine Worte sind gelind,
Mir ist, als wär ich neugeborn.
Ich glaube: So lang ich atme auf Erden,
Mag ich durch Christum gerettet werden.

GLAUBE

Es ist an dem, nun geh hinein,
Von deinen Sünden wasch dich rein.

JEDERMANN

Wo wär ein solcher heiliger Quell,
Daß ich zu ihm mich hintrüg schnell?

MÖNCH *wird oben sichtbar.*

GLAUBE

Ein guter Helfer wartet dein,
Bei ihm wird deine Seele rein.
Kehr wieder in einem weißen Gewand,
Dann ziehest hin an meiner Hand
Und mitzugehen deine Werk
Gewinnen mächtig Kraft und Stärk.

JEDERMANN *auf den Knien*

O ewiger Gott! O göttliches Gesicht!
O rechter Weg! O himmlisches Licht!
Hier schrei ich zu dir in letzter Stund,
Ein Klagruf geht aus meinem Mund.
O mein Erlöser, den Schöpfer erbitt,
Daß er beim Ende mir gnädig sei,
Wenn der höllische Feind sich drängt herbei,
Und der Tod mir grausam die Kehle zuschnürt,
Daß er meine Seel dann hinaufführt.
Und, Heiland, mach durch dein Fürbitt,
Daß ich zu seiner Rechten hintritt,
In seine Glorie mit ihm zu gehn.
Laß dir dies mein Gebet anstehn,
Um willen, daß du am Kreuz bist gestorben
Und hast all unsre Seelen erworben.

Er liegt im tiefen Gebet auf seinem Angesicht. Die Orgel tönt stärker. Indessen geht unten, im Dunklen, Jedermanns Mutter querüber, als wie auf dem Weg zur Frühmette, vor ihr ein Knecht der die Leuchte trägt.

KNECHT

Was bleibt Ihr stehen, Frau, zur Stund?
Wie ist Euch? seid Ihr nit gesund?

Wollt Ihr leicht heim in Euer Bett
Statt nächtlings zu der Morgenmett?

JEDERMANNS MUTTER

Sind wir denn so verspät't alsdann
Und hebt sich schon die Frühmett an?
Ich hör ein also herrlich Klingen
Als täten alle Engel singen!

KNECHT

Verspätet sind wir keinerweis,
Auch hör ich nichts, nit laut noch leis.

JEDERMANNS MUTTER

Ich hörs und weiß im Herzen mein
Das sind die himmlischen Schalmein.
So singen sie vor Gottes Thron:
Das geht auf meinen lieben Sohn.
Ich spür zu dieser nächtigen Stund
Ist seine Seele worden gesund.
Er ist versöhnet Gott dem Herrn
Des sterb ich freudiglich und gern.
Erhört ist meine große Bitt,
Und weiß daß ich einmal hintritt
Vor Gottes meines Schöpfers Thron
Und find dort meinen lieben Sohn.
Bald lässest deine Dienerin
In deinen Frieden fahren hin.
Amen.

KNECHT

Wollt Ihr nit kommen, Frau?
Die Zeit vergeht, es wird schon grau.
Sie gehen vorbei.

GLAUBE
Jedermann, so sei Gott mit dir,
Also, wie ich dich nun und hier
In deines Erlösers Hand befehl,
So sei deine Rechenschaft ohn Fehl.

WERKE *hat ihre Krücken von sich geworfen und tritt zu ihnen.*

GLAUBE
Nun faß dir einen fröhlichen Mut
Nun kommen deine Werke gut
Sind ledig all ihrer Beschwer
Und treten starken Schrittes einher.

WERKE
Jedermann, ich bins, deine Freundin,
Ich segne dich in meinem Sinn,
Du hast mich geschaffen von Schmerzen frei,
Nun geh ich mit dir, wohin es auch sei.

JEDERMANN
O, meine Werke, wie ich Eure Stimme hör,
Muß ich vor Freuden weinen sehr.

GLAUBE
Nun sollst du weinen und trauern nimmermehr,
Nein, freuen dich und fassen einen frohen Mut,
Gott sieht dich von seinem Thron recht gut!

JEDERMANN
Dann ich nit Zögerung noch Aufschub such.

Ihr Freunde ich mein wir gehn selbdritt,
Von euch will ich mich scheiden nit.
Er geht hinauf und folgt dem Mönche nach.

WERKE *und* GLAUBE *verharren betend.*

TEUFEL *kommt (von der Seite, wo Buhlschaft stand) angesprungen, schreit und winkt von weitem*
Halt Jedermann! Aufhalten Jedermann!
Aufhalten! He! Hieher Gesell!
Ich komm dich holen, bin zur Stell!
He Jedermann, er ist hinein!
Muß taub auf beiden Ohren sein!
Was geht er denn in dieses Haus?
Da hol ihn dieser und jener heraus!
Ich wart derweilen an der Tür,
Faß ihn, und meines Wegs ihn führ.
Mit gesenktem Kopf:
Kann sein, er läßt mich warten lang,
Mag er, ist mir um ihn nit bang.
Ist mir verfallen mit Haut und Haar
Und sicher wie lang schon keiner war.

GLAUBE
Halt da!

TEUFEL *hat nichts gehört*
Muß hier vorbei.

GLAUBE
Hie nit!

TEUFEL
Ganz unbedingt, hab dort zu tun.

GLAUBE
Hie ist kein Weg für deinesgleichen.

TEUFEL
Ein zänkisch Weib. Ich kann ausweichen.
Will links herum.

GLAUBE *tritt ihm aufs neu in seinen Weg und sagt*
Hie ist kein Weg!

TEUFEL *sanft*
Laß sie gesagt sich sein
Ich hab zu warten dort an der Tür
In Amtsgeschäften, damit ich ein'n
Der dort herauskommt dann mit mir
Eines gewissen Weges führ.

GLAUBE
Ich führe Zwiesprach nit mit dir.

TEUFEL
Ich auch nit, geh halt da vorbei.
Will an Werke vorüber.

WERKE
Hie ist kein Weg für dich.

TEUFEL *hält sich die Ohren zu.*
Geschrei!
Gespiel! Belästigung!

WERKE *tritt ihm aufs neue in den Weg*
Kein Weg!

TEUFEL
Kein Weg! Kein Weg! Ist hier kein Weg?
Kein Boden? Nichts worauf mein Fuß
Mag stehen, hüpfen, springen! Nein?
Hier wird sogleich ein Weg mir sein!
Will durch mit Gewalt.

GLAUBE *hinzutretend*
Willst dus mit deinen Fäusten richten
Und stören unser fromm Gebet?
Sieh, wer zu unsrer Hilf dasteht!

ENGEL *treten oben hervor.*

TEUFEL *sieht hinauf, beschirmt sich mit der Hand die Augen*
Sind die Gesellen auch im Spiel
Und wissen bessres nit zu schaffen
Als hier zu lümmeln und zu gaffen
So abends spät, wie morgens früh,
Wenn andre Leut mit saurer Müh
Nachgehen ihren Amtsgeschäften
Mit schuldigem Eifer und besten Kräften!

WERKE *und* GLAUBE *achten seiner nicht und beten mit gefalteten Händen.*

TEUFEL *setzt sich auf den Boden*
Ich frage, sind hier Zweifel im Spiel,

Ist hier ein Handel in der Schweb,
Nichts davon, nichts, so wahr ich leb.
Sitzt einer hier unter euch allen,
Der ins Gesicht mir tät bestreiten,
Daß dieser Mensch mir ist verfallen!
Ein prächtig Schwelger und Weinzecher,
Ein Buhl, Verführer und Ehebrecher,
Ungläubig als ein finstrer Heide,
In Wort und Taten frech vermessen
Und seines Gottes so vergessen
Wie nicht das Tier auf seiner Weide,
Witwen und Waisen Gutsverprasser,
Ein Unterdrücker, Neider, Hasser!
An Herz und Nieren ausgedorrt –
Er springt auf.
Mir fehlen, ihn zu malen, die Wort!
Und diesen will man mir verwehren,
Daß ich ihm auf die Kappen geh
Ihm jählings das Genick umdreh,
Ihm zuschrei: Duck dich, Fleisch, und stirb!
Und seine Seel für uns erwirb.
Verharrt ihr drauf mit kaltem Blut
Und bangt euch nit vor meiner Wut
Und Zähn gefletscht und Fäust geballt?
Und, daß Recht und Gerechtigkeit
Gewappnet stehn auf meiner Seit?

GLAUBE
Auf deiner Seiten steht nit viel
Hast schon verloren in dem Spiel
Gott hat geworfen in die Schal
Sein Opfertod und Marterqual

Und Jedermannes Schuldigkeit
Vorausbezahlt in Ewigkeit.

TEUFEL
Seit wann? seit wo? wie geht das zu?
Geschiehet das in einem Nu?
Wenn eins sein Leben brav sich regt
Und nur auf uns sein Tun anlegt,
Recht weislich, fest und wohlbedacht
Recht Stein auf Stein und Tag auf Nacht
Wird solch ein wohlbeständig Ding
In einem Augenzwinkern neu?
Schmeißt ihr das um mit einem Wink?

GLAUBE
Ja solches wirkt die tiefe Reu,
Die hat eine lohende Feuerskraft,
Daß sie von Grund die Seel umschafft.

TEUFEL
Ha! Weiberred und Gaukelei!
Wasch mir den Pelz und mach ihn nit naß!
Ein Wischiwasch! Salbaderei!
Zum Speien ich dergleichen haß!
Beweis! Gib eine einzige Red,
Die vor Gericht zu Recht besteht!

GLAUBE
Vor dem Gericht, vor das er tritt,
Bestehen deine Rechte nit,
Die sind auf Schein und Trug gestellt
Auf Hie und Nun und diese Welt,

Die ist gefangen in der Zeit
Und bleibt in solchen Schranken stocken,
Wo aber tönet diese Glocken,
Man hört von innen das Sterbeglöcklein, Glaube und Werke fallen auf die Knie.
Hat angehoben Ewigkeit.

TEUFEL *hält sich die Ohren zu.*
Ha! Dies Geklingel silberfein
Geht einem mehr durch Mark und Bein
Als selbst der großen dumpf Gebrumm.
Ich geb es auf, ich kehr mich um,
Ich laß ihn, füttert ihn euch aus,
Mich ekelts hie, ich geh nach Haus.

GLAUBE *und* WERKE *haben sich erhoben.*

TEUFEL
Ein schöner Fall, ganz sonnenklar
Und in der Suppe doch ein Haar!
Tret arglos her, vergnügt im Sinn
Und mein, zu melden mich als Erben.
Ja Vetter, ja, da liegen die Scherben!
»Hie ist kein Weg, hie ist kein Weg!«
Ah! Weiber! Fastensupp und Schläg,
Das ist wie ich sie halten tät!
Ein Anspruch der zurecht besteht
Vor Türken, Mohren und Chinesen,
Ff! Da ist Anspruch und Recht gewesen!
Bläst mir ihn weg! »Hie führt kein Weg!«
Ich wollt, daß er im Feuer läg.
Und kommt in einem weißen Hemd

Erzheuchlerisch und ganz verschämt.
Die Welt ist dumm, gemein und schlecht
Und geht Gewalt allzeit vor Recht,
Ist einer redlich treu und klug,
Ihn meistern Arglist und Betrug.
Geht ab.

JEDERMANN *tritt oben hervor in einem weißen langen Hemde, einen Pilgerstab in der Hand, sein Angesicht ist totenbleich aber verklärt, er geht auf die Beiden zu.*

WERKE *wendet sich*
Fühl ich nit kommen Jedermann?
Er ist es, ja, und tritt herbei,
Mir ahnte wohl, daß er es sei.
Er hat seinem Herrn getan genug
Des fühl ich an meinen Gliedern all
Die Kraft zu einem hohen Flug!

JEDERMANN
Nun gebet mir treulich eure Händ,
Ich hab empfangen das Sakrament.
Gesegnet sei, der mich das hieß tun
Und also guten Rat mir sprach,
Nun seid bedankt, daß ihr auf mich
Geharret habet sorglich
Mit andächtigem Beten.
Und nun laßt uns die Reis antreten.
Leg jeder die Hand an diesen Stab
Und folge mir zu meinem Grab.

WERKE
Ich heb vom Stab nit meine Händ,
Zuvor die Reis kam an ihr End.

GLAUBE
Ich steh bei dir, so wie ich eh
Stand hielt bei Judas Makkabee!
Sie gehen hinauf.

DER TOD *ist hervorgetreten und geht hinter ihnen einher.*
Sie stehen beim Grab.

JEDERMANN *schließt die Augen*
Nun muß ich ins Grab, das ist schwarz wie die Nacht,
Erbarm dich meiner in deiner Allmacht.

GLAUBE
Ich steh dir nah und seh dich an.

WERKE
Und ich geh mit, mein Jedermann.

JEDERMANN *zögert noch*
O Herr und Heiland steh mir bei
Zu dir ich um Erbarmen schrei.

WERKE *hilft ihm ins Grab, steigt dann zu ihm hinein*
Herr laß das Ende sanft uns sein,
Wir gehn in deine Freuden ein.

JEDERMANN *im Grab, nur Haupt und Schultern sind noch sichtbar*
Wie du mich hast zurückgekauft,
So wahre jetzt der Seele mein,
Daß sie nit mög verloren sein
Und daß sie am jüngsten Tag auffahr
Zu dir mit der geretteten Schar.
Er sinkt.

GLAUBE
Nun hat er vollendet das Menschenlos,
Tritt vor den Richter nackt und bloß
Und seine Werke allein,
Die werden ihm Beistand und Fürsprech sein.
Heil ihm, mich dünkt es ist an dem,
Daß ich der Engel Stimmen vernehm,
Wie sie in ihren himmlischen Reihn
Die arme Seele lassen ein.

ENGEL *singen.*

Ende.

Zum Text

Die vorliegende revidierte Textfassung basiert auf der Kritischen Edition der 7.–9. Auflage des ›Jedermann‹ aus dem Jahr 1912: Hugo von Hofmannsthal, Dramen 7, hrsg. von Heinz Rölleke (= H. v. H., Sämtl. Werke, veranst. v. Freien Deutschen Hochstift, Bd. IX), Frankfurt a. M. 1990, S. 31–95. In die Ausgabe von 1912 hatte Hofmannsthal zum letzten Mal textlich (geringfügig) eingegriffen, so daß diese und alle Folgeauflagen zu Lebzeiten des Dichters als passiv autorisiert anzusehen sind. Die Texterstellung der Kritischen Ausgabe konnte und durfte sich daher lediglich auf die Verbesserung eindeutiger Druckfehler beschränken (vgl. die Nachweise in der o. g. Ausgabe, S. 125–127).

Die jüngst erstmals minutiös dokumentierte Entstehungsgeschichte erweist, was Regisseure, Schauspieler und Interpreten des Spiels schon immer mit Bedauern oder gar mit Befremden festgestellt haben: Der Termindruck, unter dem Hofmannsthal die letzten Arbeiten an seiner Dichtung vollendete, führte zu Versehen und Flüchtigkeiten aller Art, die festzustellen oder zu korrigieren vor der notwendig eiligen ersten Drucklegung im Oktober 1911 keine Zeit blieb. An dieser flüchtigen und zum Teil fehlerhaften Textgestalt hat der Dichter auch nach der Uraufführung am 1. Dezember 1911 kein Interesse mehr genommen, so daß sie in den rasch folgenden Auflagen – bis auf periphere Änderungen im Jahr 1912 – unverändert blieb.

Im Rückgriff auf die in der Kritischen Ausgabe in extenso dokumentierten Reinschriften und Typoskripte (letztere z. T. schon ihrerseits durch eindeutige Hörfehler beim Diktat gekennzeichnet, z. B. in der Regieanweisung zur Teufelsszene »rings« statt »links« usw.), die kurz vor der Drucklegung entstanden waren, können eine stattliche Reihe textlicher Versehen revidiert und eine noch größere Anzahl von zunächst formulierten und dann (mit Rücksicht auf den Regisseur der Erstaufführung, Max Reinhardt) im Druck weggelassenen Regieanweisungen wieder eingesetzt werden.
Es wird dabei in jedem Fall und mit jedem Buchstaben nur Hofmannsthalscher Text geboten; der Herausgeber hat sich eigener Eingriffe gänzlich enthalten. Die Ergänzungen und Korrekturen reichen von den für die Bühnen- und Figurenauffassung Hofmannsthals z. T. sehr erheblichen Regieanweisungen (Verdeutlichung der äußeren Erscheinungen, z. B. Mammons; Psychologisierung von Charakteren und Handlungsweisen; symbolisch aussagekräftige Andeutungen, wie z. B. beim Auftritt des Teufels aus der Richtung, in die vorher die Buhlschaft abgegangen war) über Wiederherstellung intendierter Versmaße oder Reimverbindungen bis hin zur Wiedereinsetzung ganzer Verse oder Versgruppen, die im Blick auf den folgerichtigen Fortgang der Handlung unverzichtbar sind.
Es darf behauptet werden, daß Hofmannsthal selbst wohl in den allermeisten Fällen so verfahren wäre, wenn er Interesse gehabt und sich Zeit genommen hätte, seinen so überraschend erfolgreichen ›Jedermann‹-Text gründlich zu korrigieren.

Der vorliegende, also ausschließlich nach Intentionen des Dichters revidierte Text ist insofern eine Trouvaille, als er den schon immer offensichtlichen, aber nie philologisch geklärten Mängeln eines der berühmtesten Bühnenwerke der Weltliteratur soweit abhilft, wie dies im Rückgriff auf Hofmannsthalsche Originalformulierungen möglich ist.

Es steht zu hoffen, daß diese neuerstellte Textfassung dem Leser und Interpreten in vieler Hinsicht entgegenkommt sowie vor allem Regisseuren und Schauspielern ihre Deutung des Werks und ihre Arbeit am Text erleichtert.

Die Veränderungen gegenüber der bisher verbreiteten Textgestalt betreffen die folgenden Passagen:

1. Wieder eingefügte oder textlich ergänzte Regieanweisungen:
   12.2; 15.14,15; 17.7,8,9; 18.10; 21.9,11,13; 23.23; 25.21; 26.1,2; 34.1,7; 36.9,10,12,15,19; 37.10; 40.3,9; 42.6,24; 43.3,12; 44.13,15,20,21; 45.22; 46.1,22; 47.7,12; 49.20; 50.8; 51.7,10,26; 52.23; 53.6; 57.8,11,23; 58.3,4; 59.16,21; 61.18; 65.11,13; 67.14; 68.23; 69.3,10,17,26; 72.5,8,14; 74.4; 76.17; 78.25; 79.8; 80.3; 81.28; 83.17,18; 84.1,6; 87.3; 88.7; 89.22; 90.13; 96.5,16; 97.5,8,18; 98.14,15; 102.10; 103.18
2. Textänderungen innerhalb einzelner Verse:
   15.12,27; 16.19,22,24; 19.18; 22.19; 23.7; 30.13; 31.8; 34.4,5,6; 35.4; 36.1,17; 37.6,16,19; 39.20; 46.2; 47.23; 52.22; 55.11,14; 57.16; 58.26; 60.4; 64.8; 72.23; 73.18; 74.1,6,13,21; 77.14,16; 78.11; 82.7,24; 83.14,15; 84.5,22,23; 87.1; 88.21; 90.7; 92.17; 93.12,18; 95.3; 96.1,14; 97.11; 99.26; 100.16,22; 101.13; 103.20,23; 104.16

3. Wieder eingefügte Textpassagen:
58.9–17; 60.19; 87.20; 97.9; 99.14; 101.8–10

Heinz Rölleke

Theater

Jean Giraudoux
Kein Krieg in Troja
Die Irre von Chaillot
Zwei Stücke
Band 7033

Hugo von Hofmannsthal
Elektra
Tragödie in einem Aufzuge
Band 12366
Jedermann
Band 10871
Der Schwierige
Band 7111
Der Turm
Band 11729
Der Unbestechliche
Band 7112

Eugène Ionesco
Die Nashörner
Band 7034

Eugene O'Neill
Alle Kinder Gottes haben Flügel
Band 10641
Alle Reichtümer der Welt
Band 11144
Der Eismann kommt
Band 7155
Gier unter Ulmen
Band 10184
Der Große Gott Brown
Band 10640
Der haarige Affe
Band 10629
Hughie
Band 10639
Jenseits vom Horizont
Band 10642
Kaiser Jones
Band 10278

Eugene O'Neill
Eines langen Tages Reise in die Nacht
Band 7152
Ein Mond für die Beladenen
Band 10182
O Wildnis!
Band 10471
Seltsames Intermezzo
Band 10638
Trauer muß Elektra tragen
Band 7154

Arthur Schnitzler
Reigen/Liebelei
Zwei Stücke
Band 7009

Anton Tschechow
Drei Schwestern und andere Dramen
Band 12925

Fischer Taschenbuch Verlag

fi 285 / 21 a

Theater

Franz Werfel
Jacobowsky und der Oberst
Komödie einer Tragödie
Band 7025

Thornton Wilder
Die Alkestiade
Schauspiel mit einem Satyrspiel: Die beschwipsten Schwestern
Band 7076
Einakter und Dreiminutenspiele
Band 7066
Unsere kleine Stadt
Band 7022
Wir sind noch einmal davongekommen
Band 7029

Tennessee Williams
Endstation Sehnsucht
Drama in drei Akten
Band 7120
Die Glasmenagerie
Ein Spiel der Erinnerungen
Band 7109
Die Katze auf dem heißen Blechdach
Band 7110
Die Nacht des Leguan
Stück in drei Akten
Band 11985
Die tätowierte Rose
Stück in drei Akten
Band 10542

Carl Zuckmayer
Der fröhliche Weinberg/ Schinderhannes
Zwei Stücke
Band 7007
Der Hauptmann von Köpenick
Ein deutsches Märchen
Band 7002
Der Rattenfänger
Band 7114
Des Teufels General
Drama in drei Akten
Band 7019

Fischer Taschenbuch Verlag

fi 285 / 1 b

Theater

Herbert Achternbusch
Die Einsicht der Einsicht
Theaterstücke
Band 12923
Es ist niemand da
Enthält das Stück:
Der Stiefel und sein Socken
Band 11399

Edward Albee
Wer hat Angst vor Virginia Woolf...?
Band 7015

Elias Canetti
Dramen
Band 7027

Ariel Dorfman
Der Tod und das Mädchen
Band 11426

Marguerite Duras
La Maladie de la Mort
Die Krankheit Tod
Band 7092
Savannah Bay
Band 7084

Hubert Fichte
Ödipus auf Håknäss
Band 10843

Dieter Forte
Fluchtversuche
Vier Fernsehspiele
Band 7055
Kaspar Hausers Tod
Band 7050
Martin Luther & Thomas Münzer oder Die Einführung der Buchhaltung
Band 7065

Witold Gombrowicz
Operette
Band 7075
Die Trauung
Geschichte
Band 7070
Yvonne, die Burgunderprinzessin
Band 7069

Thomas Hürlimann
Stichtag/ Großvater und Halbbruder
Band 7086

Arthur Miller
Ein Blick von der Brücke
Band 10399
Hexenjagd
Band 7108

Fischer Taschenbuch Verlag

fi 304 / 23 a